登場

ことり

雫が祖父の家で出会った
心優しい少女。

三原 雫 （みはら しずく）

お座敷学園に通う女子高生。
競馬の家系に生まれ成績で悩む
おしとやかな和風美人。

プリムローズ

ローズ財閥の長女。
お座敷学園に通い容姿端麗・成績
優秀の優等生。

童夢 志保 (とうむ　しほ)

お座敷学園に通う女子高生。
努力家で熱血漢の彼女を支持する
者も多く、努力で成功を掴む。

山口 亜子 (やまぐち　あこ)

お座敷学園に調教師見習いとして
通う女子高生。馬の気持ちがわか
るよう馬の着ぐるみを着ている。

武里 真愛 (たけさと　まな)

お座敷学園に通う女子高生。競馬
分析ソフト「当てる君」の開発者
天才と呼ばれている。

秋山 桜 (あきやま　さくら)

ヴィーナス学園に通う女子高生。
学園競馬全国最上位の名手で初の
無敗記録保持者。紫彩と幼馴染。

結野 紫彩 (ゆいの しあや)

ヴィーナス学園に通う女子高生。

騎乗スタイルが大逃げから

[大逃げの猫姫] の愛称を持つ。

島崎 利絵 (しまざき りえ)

朱龍学園に通う女子高生。

放送部ながら抜群の騎乗能力を

認められ競馬道にも励んでいる。

池田 里美 (いけだ さとみ)

朱龍学園で学年上位の優等生。

調教師をしている。ハスキーボイ

スにコンプレックスを持つ。

川島 美香 (かわしま みか)

朱龍学園では島崎利絵に続く

トップジョッキー。

童夢志保の幼馴染。

海老沢 冴子 (えびさわ さえこ)

お座敷学園の教師。零達の担任で
競馬道学部の顧問もしている。
零たちの功績に期待している。

さな

Alisaprojectで活動するUMAJO
セレブのシングルマザーアイドル。
夢馬券的中から**さな師匠**と呼ばれる。

ＩＭＡＩ

グラビアUMAJOアイドルとして
Alisaprojectで活動している。
スタイル抜群の女子大生。

チェリーローズ

お座敷学園中等部に在籍。
ローズ財閥の火女で才能に満ち
溢れ、自らが神であると言う。

ターフのカノジョ

第1巻　三原 雫 編

目　次

第 1 話　家系

「ふわぁ……眠たい……けど寒い」

刺さるような寒さが体をすくませる。目の前に広がる草原と空を飛ぶ鳥たち、すがすがしい朝の草原に立っている。

少し遠めで赤毛の馬にブラシをかけている女の子がいる。

「おはよう亜子」

「おはよう雫、朝早いね」

挨拶を返してくれた彼女は山口亜子。学校の飼育係兼調教師といっても調教師の卵にあたる存在である。

ブラッシングをされている赤毛の馬がこちらに寄り頭をこすりつけてくる。

私はそっと頭をなでその優しい目に喜びを感じる。

「おはようベコ」

赤毛の馬はベコ。私のパートナーで現在は 1 ケ月の放牧中の競争馬。亜子はベコのブラッシングをやめ頭を撫ではじめた。

「ベコ最近調子いいみたいだし、また頑張ってみる？」

亜子の言葉に返事するかのようにベコは亜子に頭をこする。

「雫、今回はいい感じじゃないかな？」

その言葉に雫は……即答できなかった。

ベコとは6度の競争を共にしてきたけれど、未だに功績は出せていない。学園競馬は6頭立てなのに、ベコはいつも5着以下。私の実力がないせいでベコを喜ばせてあげられない。

ベコは頑張って走っている。一生懸命走っている。私はそれがわかる。ただ、他の馬たちより少し足が遅いだけ。ただそれだけの理由。でも足が遅いことは競争馬として致命的なこと。

「ベコ……」

即答できない自分に悔しさと腹立たしさが込み上げる。

「雫大丈夫だって。ベコだって雫と走りたいし、自信持ってればいいじゃない」

「うん」

軽く頷くことしかできない。ベコは私を舐めてきた。

「ほら、ベコだって頑張ろうって言ってるじゃない」

亜子の言葉が胸を刺す。実績を残せないのは自分。そのせいで亜子やベコに辛い思いをさせている。罪悪感

だけが脳裏をよぎる。チャイムの音が聞こえる。

「零授業始まるんじゃない？」

振り返ると草原の奥に校舎が見える。そう、ここは名門校である「お座敷学園」の校庭なのだ。

名門校といっても他校と変わらない程の偏差値の学校である。ただ、他校と違うのは競馬道を専攻していること。競馬道とはここ数年で人気科目となったといっても過言ではない専攻学科で、従来この国には中央競馬と地方競馬と呼ばれる競馬があったが、第３の競馬として学園競馬なるものを国が作ったからだ。

学園競馬は競馬道の総称で未成年でかつ学生が対象の競馬、つまり馬で競争するというあれだ。

競馬道とは遥か昔から伝えられる伝統芸能の一つで、鏑流馬や乗馬に適した馬の能力を見抜く力を養うというもので、言葉の通じない動物の能力を見極めることができる能力を競う武道の一つである。

国はその伝統芸能を国家スキルの一つとして伸ばすため正式に学園競馬を認可した。大人たちの一部もその学園競馬を公営ギャンブルの一つとして楽しみにしている。

地方競馬は毎日開催され中央競馬は基本的に土曜日と

日曜日に開催されている。

学園競馬はというと、まだ年に数十回開催される程度。だから尚更力が入る。そして本来の競馬と違い、厩舎ではなく、学校が馬を所持し競争に出しているところも特徴の一つだ。

トレーニング方法は各校によって異なり、もちろん抱えている馬数も学校により大小はある。

お座敷学園には6頭の馬がいる。その一頭がベコだ。学校内で知らぬものはいないというほどの連敗馬で、学校もその成績には頭を抱えている。

競馬的に書くとこうだ「0,0,0,9」と左から過去の成績は優勝回数0回、2着実績0回、3着実績0回、それ以下の着順9回という連敗記録更新中の馬だ。

私、三原雫がベコに騎乗する前に3人が騎乗していたが成果は出なかった。以後私が専属で騎乗することとなった。

その3人の最後は現在学園で競馬道ナンバー2の実力者である童夢志保。その志保が騎乗しても5着であった。5着つまりベッタコが1つ順位を上げただけが最高記録。その後私が騎乗するならなおさら成果は出ない、学園内もそれは仕方のない事だと諦めている。

ベコが５着だったレースは、同級生にして憧れの存在である童夢志保が騎乗していた。私は隣にいた観客の大人たちの会話が当たり前のことなのに認めたくなった。

３ヶ月前の事。場内にアナウンスが流れる。
「ただいまより学園牝馬未勝利戦の本馬場入場です」
司会の声が場内に響き渡ると共に歓声が沸き上がる。
私はスタンドで学園代表のベコを見守っていた。もちろん私だけでなく多くの生徒や先生、そして一般の客が観戦している。国の法律改正に伴い学園競馬でも賭博することが認められているからだ。
隣にいる成人男性２人が話をしている。もちろん彼らは一般観戦客だ。
「未勝利か……成績的にどうよ？」
もう一人の成人男性が返答する。
「前回３着だった３番スターライトが濃厚だろう？
距離も1400mだから適性と思うぜ」
競馬場では当たり前の会話だ、各々の理論と推理をするこれが観戦客側での醍醐味である。
「いや待て待て、外側のが逃げたら包まれるしわからんぞ」

会話の弾む二人、そして一人が童夢志保の騎乗に気付く。
「お？　童夢志保ってお座敷学園所属の達者な騎手だろ？　これ騎手買いもありじゃないか？」
競馬での能力比率ははっきりと数値化はされていないものの、競走馬の能力と騎手の能力、そして枠番と呼ばれるスタート位置が大まかな判定基準にあたる。もちろんその他にもデータとして考慮する点はある。
「いや、おまえさん見てみろよ乗ってる馬 (0,0,0,5) だぞ、しかも前走と前々走は 6 着と殿キープのまま」
その言葉に反論するようにもう一人が返答する。
「だからいいんだよ！　穴をあけるときゃ騎手が変わって勝ったりすんだよ！」
競馬にはオッズと呼ばれる数値なる物があり、その数値が馬券的中時の配当となる。その数値は馬券購入に参加している人たちの期待値を表しているといっても過言ではなく、購入された馬券の枚数を基に算出されているので、買われる枚数で変動する数値である。
数値が低ければ本命つまり好成績を残すであろうと期待されている。
数値が高ければ、このレースでは好成績は望めないのではないかという期待値の低さをその数値は表してい

る。そのような期待値の低い馬が穴馬と呼ばれている。しかし競馬に絶対はない。だから関係者すべてにロマンのあるスポーツなのだ。

先ほどの男性が言った穴をあける。そう穴馬が本命馬に勝つことだってないわけではない。そのようなレースも意外とあるのが日常で、時々ニュースで見かける史上初の万馬券更新や高額な配当がついたというニュースが記憶にある人もいるはずである。

100円の馬券で１万円も支払われる夢のような馬券、そのような夢を追って馬券を購入する人も少なくない。その現状を私は今、目の当たりにしている。

〈この男性は私の学校のベコを、そして童夢さんを信じて馬券を買おうとしているのかな？〉

雫はそう思った。馬券購入締め切りのアナウンスが鳴りやみスタート地点に６頭が向かう。

童夢さんとベコは１番、一番内側のゲートからのスタートとなる。本命はやはり３番のスターライトという名の馬。単勝オッズも3.1倍と低く対するベコは42倍だった。

競馬の馬券には複数あり、単勝と呼ばれる１着の優勝馬を推理する馬券から３着まで入賞すれば的中となる複勝馬券、難しいのは１着と２着、そして３着までを

当てないといけない馬券とさまざまで、上位順位を推
理する馬券は高難易度で配当も高い。先ほどの男性は
ベコを選んでいるようでゲートに向かうベコに声を上
げる。
「ベコいけよー！」
一番人気の無いベコを応援してくれているこの人は、
雫にとって心地よいと思えるひと時をくれている。
ベコ頑張って！　心から願う雫と学園一同。スターター
と呼ばれる旗振りおじさんが台の上に上がる。ベコ
のスタートが来る。スターターの旗に視線を集める。
旗を振り上げた。

スタートの時が来た。この瞬間が私にとっては一番緊
張する吋。
ゲートが開いた。各馬６頭が一斉にスタートを切った。
アナウンサーの声が聞こえる。
「各馬一斉にスタートしました。ほぼ揃いました、ど
の馬がいくのでしょうか？」
アナウンスに耳を傾けながら競争している馬を目で追
う。

第１コーナーにさしかかる。

各馬の配列は綺麗に整っていた。ベコは？　ベコはどこなのか、雫は探す。一人の生徒が言葉を発した。

「ベコが逃げてる」

生徒間でもざわつきが次第に上がる。一番先陣を切って走る逃げというスタイル。ベコは常に後ろから、あまり競争心を表さない馬が今先頭で走っている。

今までも、練習でも控えめに後ろから追走する姿しか見たことのない赤毛の馬が先陣を切っている。先ほどの男性も声を上げる。

「おい、差しじゃないのかよ、先行かよ」

男性の持つ新聞にはベコは後ろからのスタイルである[差し]の文字が記載されている。そして外側の6番の馬が新聞通り先頭に出てきている。

再びアナウンサーの声が耳に入る。

「各馬第4コーナーに差し掛かります。人気のスターライトは徐々に前に向けてペースを上げています」

私は聞こえるはずのんない童夢さんの声が聞こえたような気がした。

「後ろからがダメなら前に行ってやんよ！　見てなって！」

いつもの童夢さんの勝気な声が聞こえた気がする。心に伝わってきたのか、それとも童夢さんは今そう思っ

ているのではないかと私は感じていた。

「最終直線脚比べ、やはりスターライト早い早い末脚」

アナウンサーの声で全員が一点を見つめる。後ろから来た馬のスピードが上がるのに対しベコのスピードは緩やかになっていった。

「スターライト人気に答えてゴールイン、2着争いは団子状態」

そのアナウンスの時まだベコはゴールの手前、先行を共に走っていた6番の馬と並んで走っている。ベコのゴールは6番と同時に見えた。

レースは終わった。

ベコは最下位だったと誰しもが思っていたが鼻差で5着。成人男性は持っていた新聞と馬券を投げ捨て「くそ、ダメじゃないか!　童夢が乗ってダメならあの馬は使えんな!　カスじゃないか」

酷い暴言を横で学園の生徒全員が聞いていた。私はその言葉を忘れない。

ベコは頑張って走った、童夢さんの指示のもと嫌な先頭を買って出て頑張ったのに成果が出なかっただけ。

私は茫然となりその場に立っていた。声をかけてくれたのは亜子だった。

「雫帰ろう。他の馬を引き連れて先陣を切るベコの勇

姿が見られただけでも私は成果あったと思うよ。さすが志保ちゃんだね。うまいよ！」

亜子は目にうっすらと涙を浮かべて話しかけてきた。その涙は悔し涙ではない、嬉し涙、感動の喜びの涙だったと私は感じた。

負けレースだったけどこれほどの感動を与えてくれたベコに私は心を奪われた。それがきっかけで今もベコと頑張っている。

あの時のベコはどうしてたんだろう、その後先頭を走ることは無い。時々、私はこうしてあの時のレースを思い出す。

「雫、教室に行かないと」

亜子の声で我に返る。

「え？」

声が出てしまった。

「もう、あの時のこと思い出してたんでしょ？　それより授業始まるよ」

そうだ、チャイムが鳴っていたのだった。チャイムの音に引かれるように校舎に入っていく生徒たちを見ながら自分も足を校舎の中へと運ばせる。

教室内はいつもと変わらぬざわつき模様で少しほっと胸をなでおろす。そろそろ教室にいつもの響き渡る声

が上がるのではないかと思ったとき、その声は上がった。

「席に着きなさい」

海老沢先生の一言で生徒全員が着席した。クラスの担任である海老沢冴子先生が教壇の前に立っている。いつものように腕を組みクラス全体を見回している。威圧力の大きさが半端無い、鬼教師と噂の先生である。

「１時限目の授業は競馬道だ、テキスト84ページを開きなさい」

いつものように授業が始まる。

「うちのクラスは優等生揃いだから中央主催の夏期講習に参加すれば更にみんなの実力も上がるいい話だろう」

海老沢先生の一言から突然始まった夏期講習の話。教室がざわつく。私も突然の話に動揺を隠せず口を開いてしまった。

「中央主催の講習って全国から成績上位の特進クラスの生徒が集まって講義を受けられるというあの講習ですの？」

普段はクラスの話に耳を傾けるだけの私に質問をさせるほどの内容だった。

「Ｙｅｓ！　シズークそうデース！」

日本語なまりというよりも日本語なのかどうか、というほどの言葉で返してきたのはプリムローズ。容姿端麗で成績優秀とよくある設定のお嬢様中のお嬢様である。天は二物を与えないという証明はあの言葉使いなのだろうか。独特といえばそれまでなのかもしれないが個性が強すぎる。

帰国子女の彼女は財閥令嬢で父親の祖国であるイギリスに幼少期から留学をしていた。留学といっても長期滞在でなく年に数回日本とイギリスを往復し両国の勉学に励んでいるという変わった英才教育スタイルだったそうだ。

そんなエリートコースを歩んでいるプリムローズとお座敷学園のエース童夢志保は親友でありライバルの関係だった。

「中央主催の講習で獲得点数がプリムに勝ちゃぁ、あたしがトップってこと確定だなぁ」

志保がプリムローズに向かって挑戦的な態度と言葉で挑発する。プリムローズはすかさず返答をする。

「ＯＫデース！　Ｓｈｉｈｏ勝負デース！」

ノリの良さが抜群のプリムは二つ返事で志保に返す。クラス一同から歓声が沸き上がる！

「因縁の対決だよね……」

「今回は志保ちゃんが勝ったりして！」

「プリムちゃん凄いから流石の志保ちゃんも……」

生徒各々で意見が違う。さすがは競馬道学部、それぞれの分析と推理がある。そんなことはさておき志保がプリムの方へ一歩踏み出す。

「講習までに予習してプリムにギャフンと言わせてやんよぉ」

志保の威圧的な一言がプリムに向かって飛ぶ！　その瞬間矛先を向けられたプリムにクラス一同の視点が集まる。プリムは表情を変えずに

「ギャフーンデース」

と志保に言葉を返すとにっこりとほほ笑んだ。その瞬間志保の表情が険しくなる。

「プリム揶揄いやがったな！　メシ勝ってやんからなぁ」

大きな声で志保はプリムに投げ返す。そのやり取りを見ていてなぜか私は話に割り込んでしまった……

「プリムさんも志保さんも成績良くて羨ましいですわ」

本当に素直な気持ちで言葉をこぼしてしまった雫。プリムと志保のやり取りでなごんだ教室が静まり返る。

「雫もいい家系なんだしすぐに上がれるって」

志保のその言葉にプレッシャーを感じる雫。すぐさま

後を追うように
「シズークは出来るデース」
プリムも励ましの言葉をかけてくれた。クラスのみんなも同じように声をかけてくれる。
「本当にわたくしなんかが好成績になれるはずが……」
雫は小さな声を漏らした。しかしクラスメイトが気を使って声をかけて事を踏みにじるわけにいかない。
雫はそう思い
「みなさんありがとうございます。頑張りますわ」
すぐさま少しボリュームを上げて返答した。だが考えていることとは違う言葉で返していた。家系・血統、私の苦手な言葉がこの学園ではよく使われる。競馬道では能力のある馬の遺伝子はやはり好材料として見られるからだ。医者の子は医者なんて言葉を聞くこともありますが果たしてそうなのか？　雫は酷く悩んでいた。——夏休み一週目の金曜日のことである——雫は着々と夏休みの課題を進めていた。集中力の途切れた雫はため息をついた。
「疲れましたわ、どのような勉強をすればプリムさんや志保さんのようになれるのかしら？　いくらわたくしが競馬道の家系であるとはいえ勉強の仕方が悪いのかしら……いくら勉強しても思うように身になりませ

んわ」

人並みに努力している雫だが知識はおろか技術もなかなか身につかない、そんなスランプ状態に陥っていた。次第にその不安は募り、独り言まで出てくるほどだ。

そんなある夏休みの朝のことである。レポートが全然はかどらない雫。部屋をノックする音が聞こえた。

「はい」

雫の返事と共に扉が開いた。母の三原光が部屋に入って来た。光は勉強中の雫を凝視し口を開いた。

「雫、法事で今年こそはお祖母さんのお墓参りに行かないといけないと思っていますけれど、あなた宿題はどうなのですか?」

光の言葉が雫を追い込む。雫はうつむき小さな声で

「うーん、それなりにはしていますわ」

返答が聞こえたのか光は雫ににじり寄り大きな声で

「それなりで良いのですか?　あなたは競馬道の家系を継ぐ子なのですよ。クラスでもトップで居ていただかないと……」

腕を組み呆れた顔で光は雫を見つめる。

母の光は結婚前、地方競馬で比較的有名な女性調教師であった。父は決して才能に恵まれていたとは言えな

いが競馬の騎手であり、数年前に病気で他界した。ただ結婚のきっかけとなったのは、光の育て上げた名馬「キセキノアオバ」という馬に父が騎乗し国内グレードで最も高いＧ１と呼ばれるレースで優勝し、そのことをきっかけに結婚した。

その馬の成績は極めて目立つほどのものはなく、勝利できたのが不思議なぐらいであった。あえてその理由を挙げるとすれば、レースで優勝できたのは天候が雨であり、馬場状態が悪化していたことがその馬にとって好条件に導いたのではないかと推測されている。

どのような条件下であっても勝利を収めたことに変わりはない。そして雫が産まれ命名するときはそのキセキノアオバから滴る恵みの雨の雫をとり、雫と命名したと光は雫に言ったことがある。

そのような競馬夫婦から産まれた雫には競馬関係者からも期待の声が寄せられていた。

物心がついた時、競馬道が国内法案で認められ学園競馬がブームを起こしていた。光も否応なしに雫をその道へ進ませるために勉強させ、お座敷学園へ入学させた。競馬で血統は分析材料として高く注目されているステータスである。もちろん競走馬だけでなく競馬一家から産まれた雫のような家系の人間も世間は注目し

ている。そしていつものお決まりの言葉が光るから雫
へ投げられる。
「雫、あなたには悪いですけれどこれも競馬道の家系
に生まれた宿命なのです。そのために競馬道学部のあ
る名門お座敷学園に通っているのですよ」
雫はいつものように
「それはわかっていますわ」
この言葉をいつも返している。そしていつもならこの
言葉で返答すれば会話は終わるのである。しかし今日
の光は更に口を開き、
「わかっているのでしたらいいですね。受験を迎えて
いるのに成績的に大丈夫ですか？　勉強をしておいた
ほうが良いのであれば家で勉強していなさい。あなた
はこの家の娘だということだけは忘れないでちょうだ
い」
その言葉を残し、雫の部屋を出ていった。
「家系、家系って言われましても……わたくしはどう
すればいいのですか？　なんでこの家の子に生まれて
しまったの……」
いつものように口走ってしまう。
そして墓参りの日が来た。母と共に山口県にある祖父
宅を訪れる予定であったが、雫一人で先に行くことと

なり、後日光と合流することとなった。女手一つで雫を育てている光にとって、仕事の話が来れば優先せざるを得ない日常があり、このように予定を組んでいても突如変わることはしばしばあった。

「それでは雫、お父さんにこれを渡しておいてちょうだい」

光より包み紙を渡され山口県へと向かう。祖父は見た目ex.顔とか服装とは裏腹に優しく接してくれていたので、一人でも祖父に会いに行くことは苦痛ではなかった。

長い道のりといっても電車の窓から外を眺めているだけ。

「晴天ですわね……暖かくて眠ってしまいそうですわ」

心地よい日差しを浴びながら窓際の席で居眠る雫。ふと夢の中で話しかける声が聞こえる。

「おねーちゃん遊ぼうよ！　待ってるよー、早くお家に来てね☆」

小さな女の子の声が聞こえる。自分に話しかけてくれる……そう認識した雫は目を覚まし電車内の席を見渡す。ちょうど後ろの席に親子連れの姿があり、女の子が両親にはしゃぎながら話しかけている。

「ビックリしましたわ、わたくしに話しかけているの

かと思いましたわ。そんなはずありませんわよね……」
独り言をこぼした途端携帯電話がメールの着信を知ら
せた。
「わぁ！　ビックリしましたわ」
志保からのメールであった。
「志保さん何かしら？」
メールを開きメッセージを読む。
「雫！　あたしさぁバイト始めたし、お店遊びに来な
い？
レストランだけど美味しいケーキ揃ってるよ。
安くは出来ないけど
場所は──」
「凄いですわ！　志保さんアルバイト始められました
のね……」
雫の志保への敬意はそのメッセージから更に高まった。
成績優秀であるのにさらにアルバイトまで……
「志保さん凄すぎますわ」
関心している間に祖父の最寄り駅についた。駅からは
歩いて数分のところに祖父の家はある。祖母はすでに
他界しており今は祖父が一人で暮らしている。
お世辞でも街とは言えない場所に住んでいた。田舎と
言う程でもないが、それなりに静かな落ち着いた町だ

った。

家は古風な瓦造りで庭があり、板の間と畳そして襖という日本古来の造りの家である。祖父の家近辺はこのような昔ながらの家が多く、古くから変わり映えのしない老人たちが主となる町であった。もちろん祖父の幼馴染といえる人間も数人いるといった具合に過疎化は進んでいないものの平均年齢は高い町だ。

「おや？　見たことのあるお嬢ちゃんだね……」

わたくしはまったく覚えていないのに祖父の家の近所では道で声をかけられる。

「こんにちは」

とっさに挨拶をして、お辞儀をしながら祖父の家へ向かう。数年に一度しか来ない家なのに記憶にはっきりと残っている。

ここが祖父の家だ。玄関に立ちチャイムを鳴らす。家の奥から玄関に向かって人影が寄る。

「おじいちゃん、おじいちゃん」

雫は扉の向こうの陰に声をかける。そして扉が開き低い声が返ってきた。

「おぉ雫よく来たね、ゆっくりしていきなさい」

祖父だ。年齢に負けずにわたしのことを覚えていてくれたのは嬉しかった。この表現は祖父に失礼であるが

老人の一人暮らしとなると認知症も進むので心配であった。

「奥の座敷で泊まりんさい」

祖父の声と共に家の中に入る。広い家だ。木と畳の匂いが広がる。軋む板の廊下を進み奥の和室に到着。

「わたくし一人には広すぎる部屋ですわね」

早速荷物を置く。

「おじいちゃん、これお母さんから」

ゆっくりと後からついてあるいてきた祖父に声をかけ母から渡された包み紙を渡す。

「光さんは仕事だそうじゃな。電話あったけぇ、雫が一人で来れるか心配じゃったぞ」

祖父のその言葉に即答で返す。

「おじいちゃん、わたくしももう高校生ですわ。大丈夫ですわよ」

二人の弾む話声は隣の家にも聞こえているほどだった。すっかり夕日も沈み窓の外は暗くなっていた。夕飯の支度をしないといけないと思い立ち上がろうとしたが思うように立てない。旅の疲労ですぐに立ち上がれなかった。台所では祖父が雫のために寿司の出前を取っていた。

「わぁ、おしいちゃんお寿司凄いですわね」

喜ぶ雫の顔を見て微笑みながら

「雫は好きじゃからのう」

台所でも学校の話や世間話が弾み時間が進むのは早かった。

「おじいちゃん、そろそろ寝ますわ」

「そうじゃの、疲れておるじゃろ、眠んさいな」

布団を敷き、横になる。

「疲れましたわ、電車で結構かかりましたもの。今日は早く寝て明日観光にでも行こうっと」

明日の事を考え口に漏らす雫。ここに母がいればそういう訳にもいかないのだが光が到着するまでは自由だ。

目をつむり、真っ暗な静かな夜。車の音一つしない。眠りにつく雫。突然犬の鳴き声が耳に入る。その直後板の間を走る足音が聞こえ、雫の和室の外でその音は止まった。

「ん？　なにかしら？」

目をこすり起き上がり襖の方に歩く雫。

「おじいちゃんどうしましたの？」

扉をあけたそこには……

第2話　出会い

襖を開けたそこには玄関に通じる長い板の間があるだけで他に何も見当たらなかった。

「あれ？　確かに足音がしたと思いましたのに」

何度廊下を見渡しても遠くで犬の遠吠えが聞こえるだけで、他に変わったことは何一つなかった。そして雫は襖を閉めた。

「わたくしそんなに疲れているのかしら」

そう自分に言い聞かせ布団に入ろうとした時枕元に小さな女の子が立っていた。

「お姉ちゃん遊ぼう！」

そう、その声はあの電車の中で聞いた声だった。雫は驚き布団から飛び起きた。女の子は雫にそうつぶやいた。

「ことりだよ、お姉ちゃん遊ぼうよ」

女の子はかまってほしそうにこちらを見ている。私はその女の子に魅入られたようにその子を凝視した。そして女の子は雫に近寄り

「ことりだよ〜おねーちゃんは？」

自分よりもはるか小さな女の子がこの時間にここにいて自分に名前を聞いてくることがすごく不思議でならない。その子は私に興味を沸かせた。

「私の名前は雫ですよ」

私の名前を知った女の子は

「雫おねーちゃん遊ぼうよ」

とすぐさま声をかけてくる。

「ことりちゃん何をして遊ぶの？　でも、もう遅いから寝ないといけないのではありませんの？」

私は女の子に質問をする。小さな女の子はすかさず

「大丈夫だよ！　じゃあ、お姉ちゃんあやとりかお手玉で遊ぼうよ」

「え！」

その選択肢に雫はすかさず声を出してしまう。あやとりはともかくお手玉ってしたことないんだけどな……頭でそう思い女の子を傷つけないように私はこう答える。

「ことりちゃん、お手玉はしたことありませんわ。でもあやとりでしたらしたことありますわ。ただ最近あやとりしていませんから上手く出来るか分からないけどそれでもいい？」

私の質問に女の子は大きくうなずいた。

「うんわかった。じゃあ、お姉ちゃんあやとりで遊ぼ」

女の子はニコニコと微笑み、どこからかあやとりを出してきた。そしてどれくらいの時間が経ったのか私はあやとりに夢中になってしまった。あまりの眠気に大きなあくびをしながら目を擦り

「眠たいですわね。ことりちゃんは眠たくないのかしら？」

その質問の返答は返ってこなかった。雫は眠たい目を見開き部屋中を見回す。しかしその部屋には女の子の姿はなかった。

「私やはり疲れていますのかしら？　幻覚を見ていましたのかしら？」

そうつぶやき両手を見ると、確かにあやとりが指に絡んでいる。あやとりをしていたことは間違いではない。雫は布団にもぐり眠りについた。

暖かい光が頬を差す。日はすっかり上がり近所の住人の話し声も聞こえてくる。夢にしてははっきりと記憶が残る女の子の出来事。

雫は布団から出て台所へ向かう。台所では祖父が沢庵を切っている。

「おぉ、雫よよく眠れたかね？」

「はい、よく眠れましたわ。ただ小さな女の子とあや
とりをしていた夢をはっきりと見ましたけれど……不
思議な夢でしたわ」

その雫の一言に沢庵を切る祖父が一瞬止まる。そして
再び沢庵を切り始めた。

「それはどのような女の子じゃった？」

祖父が質問を投げてきた。

「髪の毛が長く赤い着物を着ていましたわ」

再び祖父の手が止まる。

「そうか……」

包丁を置き、返答と共に祖父は奥の和室へ歩き出した。

「おじいちゃん、どうしましたの？」

雫は祖父の後をつける。和室にある祖母の仏壇の前に
正座し祖父は線香をあげ拝み始めた。祖父の行動に異
変を感じた雫は拝んでいる祖父に質問をする。

「おじいちゃん、どうしましたの？　あの女の子を知
っていますの？」

祖父は返答せず仏壇に拝み続けている。雫は不気味に
思い外へ出ることにした。

「おじいちゃん外に行ってきますわ」

祖父の家を出てバスに乗り観光名所である錦帯橋へ着
いた。

「これが錦帯橋ですのね……初めて見ましたわ！」

先ほどの出来事なんて忘れるぐらい眺めがよく、青空の下、そびえ立つ木造のアーチ橋が目に焼き付く。

「入場料は300円ですのね」

お金を払い橋を渡る。橋の途中で川を眺める。

「すごく綺麗ですわ！」

思わず声を漏らしてしまう雫。

「わぁすごーい！」

続いて聞き覚えのある声がした。雫の裾を握って橋の外を眺める小さな女の子の姿があった。そう、夢に出てきたあの子だ。いや夢ではない。あやとりをしていた女の子が横に立って同じ眺めを見ている。

「あれ？　こゆりちゃん！　いつからついてきましたの？」

「お家からだよぉ」

その女の子の返事に雫は

「もう！　迷子になったら駄目だから一緒に行きましょう」

「うん」

小さな女の子は私の手を握ってくる。手を繋いで橋を渡る。雫は手をつなぎなぜか凄く幸せな気分になっていた。

いくつかのアーチを超え、橋の途中で川の下を覗いた。
「鮎釣りかしら？」
雫のマネをしようと背伸びをして橋の下を覗く女の子。
「お魚獲れるのかなぁ？」
雫はすぐに女の子を抱きかかえ
「危ないから乗り出しちゃだめだよ」
「わかったぁ！　おねーちゃん。あれは何？」
女の子が指をさす先にアイスクリーム屋さんがあった。
雫はアイスクリームのおねだりをしてきているものと
思い
「あれはアイスクリームじゃない？　ことりちゃん食
べたいの？」
「うん！　食べてみたぁい」
微笑みが出てしまう雫。このご時世の子供でアイスク
リームの嫌いな子供はいないはず。食べてみたいとい
うこの子の話し方にすごく引かれるものがある。普通
に食べたいと言えばいいものを食べてみたいとは……
雫はアイスクリームを買い女の子に食べさせてあげる。
「ことりちゃん美味しい？」
ニコニコしながら女の子に質問する。
「美味しぃ！　初めて食べたぁ」
その返答に雫は

「え！　ほんと？！　良かったですね」
雫は素直な気持ちで女の子の笑みに答えた。日も落ち
始め山並みは赤く染まり始めていた。雫は女の子の手
を引き無意識に祖父の家に帰っていた。
「ことりちゃん、じゃあ勉強するから待っててくださ
いね」
女の子は机をのぞき込み
「なんのお勉強？」
凄く見られていることが恥ずかしくなった雫は
「ことりちゃん！　見られたら緊張しちゃうじゃない」
雫はことりの頭を撫でる。頭を撫でられ頬を赤くする
女の子に
「競馬のお勉強♪」
説明する雫の言葉にことりは
「け・い・ば？」
と不思議な表情をする。もちろんこんな小さな女の子
が知る余地もない言葉であるのはわかっている。
「うんそうよ！　ことりちゃんは競馬知らないよね。
競馬っていうのは馬がかけっこするスポーツなのよ」
ことりは理解できないのであろう
「面白そう？　難しいの？」
質問が変に混じっていた。雫は面白い？　という質問

に胸を刺された。この家系に生まれて競馬関連で良い
思いをしたことがない。

「私は苦手だなぁ……でも……うちは競馬道の家系だ
から仕方ないのよね……」

こんな小さな女の子に言っても仕方がない事なのに言
葉にしてしまう。本音で雫は競馬に対し嫌気が刺して
いた。

「おねーちゃん頑張ってね！　ことりも協力するから」

耳を疑うその言葉。こんな小さな女の子に励まされて
いる。私は何を諦めているの？　まだまだこれからじ
ゃない？　頑張らないと……

「ありがとうことりちゃん」

雫は心からことりへの感謝の気持ちが溢れそうだった。
笑い声の絶えない夜は明け、すっかり朝となっていた。
先日と同じく、隣に寝ているはずのことりの姿は朝に
は無かった。そして母の光と合流する日を迎えた。

「雫、ちょうどいいですわ。今日学園競馬のＧ２グレ
ード競争でお母さんの育てた馬が出走しますわ。見学
に来なさい」

母の言葉に耳を疑った……。母の育てた馬？　なぜ？
　学園競馬は学生のみが参加している競馬なのに……
なぜお母さんが関係するの？　雫は半信半疑のまま連

れられて行く。都会の片隅に綺麗な門構えの学校が建っている。

「凄い……これが本当の名門校……」

そういっても過言で無い校舎と庭園。光は校舎に向かって既に歩いていた。

「雫、何をしていますの？　早くいきますわよ！」

いつもの母より優しい感じがした。

校舎と校舎の間を抜け奥の緑広がる庭園へ向かう。校舎に飾られたエンブレムは黄金に輝き、学校の立派さをアピールしてくるように思えた。

そして緑一面のグラウンドには人だかりとなっていた。テレビ局まで来ている状況に圧倒された。これが学園競馬のＧ２グレード競争。

競馬の競争（レース）にはクラスが定められており、新馬戦・未勝利戦が最下クラスである。その競争に勝ちあがった馬が500万下、1000万下、1600万下という風にステップアップしていくのだ。

その後、条件クラスを卒業した馬がオープン入りすることにより、オープン特別という競走及びグレード競争（重賞）であるＧ３、Ｇ２、Ｇ１競争に出場していくこととなる。もちろんグレードが上がるにつれ実績のある馬が集結するわけなので並大抵の馬でないとそ

の競争には参加することができない。

学園競馬では獲得賞金の制度はないので、未勝利戦を勝ち上がった馬はすぐさまオープンクラス入りとなり重賞戦を重ねていくこととなる。

学園競馬の頂点レースである元旦に開催されるBKCCことり大神祭（ＧⅠ）競争で、優勝を目指すことが学園競馬の頂点を極めるということとなる。そして、このレースで功績をあげた生徒はプロ競馬である地方・中央所属の騎手となれる権利が寄贈される。

そして今期の学園競馬ですでにプロ厩舎より注目されている生徒が本日出場することを私は知った。その生徒が騎乗する白馬を母が育て上げたという。

何故学園競馬でプロ調教師が育てた馬が出走するかというと理由は誰しもが考えること。そう買収されたのだった。母が調教していた頃の成績は、素質のある馬で決して成績が悪いわけではなかった。ただ高額な値が付けられたため母の所属する厩舎はやむを得なしに手放すこととなった。誰しもが注目するほどの白馬。真っ白の毛並みの馬が馬場に登場した。

テレビ関係者はすぐさまカメラを回す。ブレザーを着た生徒がその馬を引く。あの学校の馬になったんだ……雫は心の中でそうつぶやく。インタビューのマイク

がその生徒に向けられる。

「凄い……学生なのにインタビューまでされて……凄いですわ」

思わず言葉をこぼしてしまう。

「本日のコンディションいかがですか？　連覇なりそうですか？」

記者のインタビューに女子生徒は

「仕上がりは良好ですわ。枠番も最内の１番ですから申し分はありませんわよ！」

強気の発言だ。そのインタビューに母も笑みを浮かべて頷いている。

雫は綺麗に整備されたコースを見ようとスタンド側へ歩いた。どこかで見たおじさんだ。そう、ベコの時のあの人だ。雫はベコに暴言を吐いた男性を見つけた。その男性は新聞を広げ再び相棒の男性と話をしている。

「今回ホワイトキャットは外せねぇ……頭軸だ」

頭軸とは選んだ馬を１着と仮定し、２着３着の馬を選択する時に使用する言葉でこのレースで馬券に絡む重要な軸となる馬の事を言う。軸馬とも言うが１着固定の場合によく使用する言葉である。以前と同じだ……前回はベコだったけど今回は母の育てた馬を信頼して馬券を買っているんだ。そして本馬場入場の時が来

た。光が横に立ち。

「雫、どこへ行かれたのか探しましたよ。さぁ見ていなさいあの馬の実力を！」

母は自信を持って私に言う。Ｇ２グレードとなると観客の数も多くテレビ放送までされるほどの注目レース。自分の育てた馬が他人に引き継がれたとしても、その馬が功績を残している事に誇りに思っているのがひしひしと伝わる。

他にどのような馬が出馬するのかすら知らないレース。母の付き添いで見るこのレースに多くの人が注目をしている。

私からすると、初めて見る学園重賞競走でしかもＧ２グレード。もちろんお座敷学園の生徒は出場していない。あのプリムさんや童夢さんをも上回る生徒が沢山いるなんて……その中でわたくしは……雫は不安に押しつぶされそうであった、その時場内アナウンスが流れる。

「第14回ヴィーナストロフィー（Ｇ２）の本馬場入場です」

「ヴィーナストロフィー？」

雫は復唱した。

「雫、あなたヴィーナストロフィーも知らないのです

か？」

光の口調が強くなった。

「すみません、存じていませんわ」

その直後雫の肩をたたく手に驚き振り返った。海老沢
先生だ。

「先生どうされましたの、こんな場所に……」

「三原、こんな場所には無いだろう。聖ヴィーナス学
園主催の交流戦を捕まえて……」

ヴィーナストロフィーといえば学園競馬の中でも各校
の上位クラス代表が競うという交流戦で、学園競馬の
中で有名な名物レースであったことを忘れていた。と
いうことはここが聖ヴィーナス学園……何も考えずに
母についてきた雫は、学校の名前すら気にせずに校内
に入っていたのだ。

真っ白の馬体が場内に入ると観客の歓声はより一層大
きいものとなった。6頭がゲートイン。スタートの時
が来た。

「各馬一斉にスタートしました！　本日も白い馬体が
先行を行きます」

目にも止まらない猛ダッシュでアナウンスとともに馬
群から白い馬体が優々と先陣を切っていった。

「は……早いですわ……」

雫は思わず声を漏らした。閃光のように前へ前へ出て
いく白い馬体を雫は目で追っていた。

短距離の直線レースでもないのにいきなりこのペース
で飛ばすとは……後半スタミナが待たないのではと雫
は思っていた。アナウンサーの声が耳に入る。

「先頭ホワイトキャットは第一コーナーを回り後続を
引き離しております。その差は6馬身、本日も大逃げ
スタイルです」

観客の男性は新聞を丸め、メガホンのようにして大き
な声で白い馬体に声をかける。

「いけー！　そのまま逃げろ！」

男性の想いが届いたのか白い馬体はどんどん後続を引
き離して第3コーナーを回り終え第4コーナーに差し
掛かる頃には後続と15馬身以上の差が開いていた。

ホワイトキャットが第4コーナーを回ったところで鞭
が入る。当然スタミナが切れない馬なんていない、た
だこれほどの大逃げの差を詰めるにはゴールまでの距
離が無さすぎる。逃げ切りだ……。

雫は先頭を走るその白い馬体の凄さと乗っていた騎手
の戦略に呆気を取られていた。

白い馬体のペースが格段に落ちた時、ゴールまでの残
り距離は200mを切っていた、そして後続グループは

最終コーナーを回り最終直線へと入ってきた。

「よぉし！　２着が問題だ４番いけー！　そのまま！」
男性はホワイトキャットの逃げ切りを確信し、後続グループでもみ合っている２着馬を応援しだしている。
腕を組んでレースを見守る母は表情を変えずに後続グループの成り行きを見ている。残り200ｍの標識の前を後続の群れが団子状態で走っていく！　歓声は次第に大きくなり男性客も興奮を隠せない状態で声をあげている。

雫は不思議な気持ちになった。この大きな歓声は先頭のホワイトキャットがゴールする時には起こらなかったからだ。なのに今起きている。

レースは終わった。雫と光は勝利騎手インタビューの行われるウイナーズサークルへと足を運ぶ。またまた雫を驚かせたのはインタビューを受ける女の子だ。勝利騎手であるとは思うが目を疑う光景だった。

Ｇ２グレード競走はテレビ局のインタビューがあることはわかっていたが騎手の態度だ。頭の後ろで腕を組み、キャップには猫のような耳がついている。騎手インタビューが始まるとともにその女の子は笑っていた。笑う口元には八重歯がキラリと光っていた。

「ホワイトキャット強いですね！　本日のレースを振

り返ってご感想を聞かせてください！」

記者が質問と共にマイクを差し出す。

「にゃはは、圧勝にゃ！　このメンバーにゃら負けないにゃ！」

自信に満ちたそのコメントは記者たちをも驚かせた。もちろん雫も驚いている一人だ、テレビの前でその発言はいかがなものかと誰しもが思うだろう。しかしその姿こそも様になっている。それどころか記者たちは次々に質問をする。

「同舎のブラックナイトとのリベンジ戦について一言おねがいします」

その質問で女の子は困った表情に変わった。

「桜しゃん相手にはホワイトキャットも苦戦するにゃ。なんとか頑張って前残りしたいにゃ」

あの余裕の表情を浮かべていた女の子が急に不安そうな表情となったことを雫は不思議に思った。それ以上にブラックナイトという馬と桜という騎手が気になった。それほどの凄腕がいるなんて……未勝利戦で苦戦している自分が恥ずかしくなる雫。ポンと肩をたたく手で振り返る。海老沢先生だ。

「三原あの騎手を覚えておけ、いずれ私たちの前に立ちふさがる相手となるしな！」

先生の一言が心に刺さる。あのステージに私達がいけると先生は思っているのかしら？　雫は先生の寛大さに笑顔がこぼれた。

「雫、どうでしたかホワイトキャットの勇姿は」

光の質問が飛ぶ。

「とても早くて凄い馬ですわ」

光はその答えに呆れた顔をした。

「あなたの感想はそれだけですの？」

「それだけ……と言われましても」

あまりに大逃げのインパクトと周囲の歓声が凄すぎて、レースの記憶が無い雫はそう答えることしかできなかった。

「雫、あなたは今のレースを見ていて何も感じなかったのですか？

ですからあなたは功績を残せられないのではないかしら？

人間、気づきと研究がなければ 何事も進歩しませんわよ」

「そう言われましてもわたくしには」

雫は言い返すことができなかった。そしてその晩、雫は部屋で今日のレースが映像配信されていないかを検索した。

「ありましたわ」

いくら学園競馬とはいえさすがはにG2レースともなればネット配信がされていた。雫がレース内容を閲覧しようとした時

「お姉ちゃん何してるの」

ことりが横で雫と同様にパソコンの画面を覗き込んでいる。

「今日の競争の映像を見ようとしていますのよ」

「ことりも競馬見てみたい」

「では一緒に見ましょう」

雫は動画の再生ボタンをクリックした。レースの映像が再生される。

「うわあああ！　お馬さんがいっぱいだぁ」

ことりの反応に少し得意気になる雫。

「そうよ、競馬は馬が競争するスポーツですから」

「真っ白のお馬たんもいる〜」

ことりのような小さな子供でもやはり目に付く真っ白な馬体 そうあのホワイトキャットだ。

「お馬たんが並んでいる順番はどうやって決めたの」

雫は呆気にとられた。これほどまでに小さな女の子がそのような事に着目するとは…………雫は光の言っていた事を思い出した。これが気付き…………視点を変

えれば何か見えてくるかもしれませんわ。

そんなことを考えているうちに動画はすでに中盤まで再生されていた。そうホワイトキャットが第４コーナーを回るそのシーンだった、動画は後続の映像を映そうとカメラが視点を変えようと動いたときのホワイトキャットの動きが目に入った。

再び先着を映す映像が流れた。

ホワイトキャットは一着でゴールイン、その事実に変わりはない。ただ雫は気づいた。これが母の言っていたことなの？

アナウンスと共に後続の馬軍に目がいって気づかなかった。それはホワイトキャットの位置取りだった、最終直線に入った途端インを走っていたはずがゴールでは中央付近にいたのだった。位置取りを変更する場面こそ映像に残っていないが、あきらかに中央でゴールをしていた。

母は後続ではなくホワイトキャットがゴールするまで一部始終を追い続けていたからすべてを見ていたのだろう。なぜインを取れていたのに距離が延びる中央ラインを走らせたのか……雫は疑問に思った。

いくら映像を見直しても納得のいく答えは思い浮かばなかった。隣で映像を見ていたことりの感想は………

…ことりの顔を覗き込む雫。

「真っ白のお馬たん早〜い！」

普通の子供の感想だ。ことりと同じ観点だと思うと少し恥ずかしくなる。しかし普通ならばそのようにしか思えない。それどころか深いところまで考えられるようなレース展開でなかったというのが正直なところ。なにせダントツの逃げきりレースだっただけに……考えれば考えるほど気になりだした。

「猫ちゃんがお馬たんに乗っていたの？」

ことりの言葉で我に返る。猫？　パソコンを覗き込むと勝利者インタビューの映像だった。ネコミミの帽子を見てことりはそう思ったのだろう。

「え〜！！」

思わず雫は声をあげた。ウイナーズサークルでは気づかなかったが、ネコミミ帽はともかくとして尻尾までつけていたなんて……。雫はその容姿にまたまた呆気にとられた。そして呆気に取られていたのは雫だけではなかった。

「なんだよあれ、ふざけてんのかよぉ！　いくら勝ったからうってなんでもいいわけないじゃん！」

童夢志保も同じ映像を見てぼやいていた。

「聖ヴィーナス学園もあんなのがエースだなんて落ち

たもんだよなぁ」

腕を組み、再び映像を眺める志保。その頃プリムローズは自宅のリビングでくつろいでいた。

「おねー様、今日はヴィーナストロフィーじゃな」

その言葉を発したのは妹のチェリーローズ。姉のプリムとは違った方言である。

「チェリー、ヴィーナストロフィーの結果はいいデース。それよりチーズケーキ食べないデスカ？　余っているならプリムが貰うデース！」

プリムがチェリーのケーキを取ろうとフォークを向けた時

「駄目じゃ！　これはｍｅのケーキじゃ。いくらおねー様にでもやれん！」

このようなほのぼのとした空気がリビングにいたプリム達を包んでいた。雫は突然立ち上がり

「あの人に会いに行こう！」

雫はそう決意した。

第３話　アテナステークスの激戦

翌週の日曜日、雫は聖ヴィーナス学園にいた。そう、今日は学園競馬でも注目のＧ１レースであるJKCヴァルキリーカップ（Ｇ１）、そしてJKCアテナステークス（Ｇ２）の当日。

JKCとは女子高生チャレンジの略称で競馬道に励む女子高生騎手のみで競技されるレースである。その他にJJCという女子中学生騎手限定のレースも開催されるほど国もこの競馬道の発展に期待をかけている事は伝わってくる。

雫は自校の応援ともう一つの目的でここに来ていた。先週ホワイトキャットで勝利した結野紫彩と話をしてみたかったのだ。そしてお座敷学園が初めてＧ２戦に出馬する事となった記念すべき日なのだ。

お座敷学園が今までに出馬した重賞の最高グレードはＧ３であったため、今回のＧ２レースへの出馬はお祭り騒ぎである。

競馬にはステップレースと呼ばれる順番に勝ち進むレ

ースシステムがあり、今回のレースもそのステップレースに該当しているレースだ。ラッキーチケット賞と呼ばれる未勝利馬ばかりで競うレースで優勝した馬とセントラルダートと呼ばれるＧ３戦の２着馬までの馬、ターフトロフィーと呼ばれるＧ３戦の優勝馬に上位クラスのエンジェルカップと呼ばれる上位クラスのＧ２レースへの優先出走権が与えられる。そしてエンジェルカップの上位成績馬と本日開催２レースの上位馬がトップロードステークスというＧ１グレードに優先出走できるというシステムだ。

ただ、ターフトロフィーの上位２頭についてはアテナステークス（Ｇ２グレード）への選択もできるシステムとなっている。

エンジェルカップとアテナステークスが選択できる理由はコースにある。エンジェルカップはダートコースつまり芝生ではなく土のコースで競争するに対し、アテナステークスは芝コースとなっている。それぞれの持ち味を生かせる選択ができるのも戦略的楽しみの一つとなっている。

そうして勝ち進んでいった者同士で、夏の頂点であるＧ１レースへの出走権を目指していくのだ。

競走馬のメンバー選定については勝ち進んでいかない

といけない馬もいれば、学園競馬運営委員会が各学園競走馬の登録状態からリーディングと呼ばれる能力暫定順位を決めてその上位の馬は競争にあえて参加せず途中参戦できるシード権を持つ馬もいる。

お座敷学園では童夢志保が騎乗するブルーハワイがリーディングシード権を獲得しており、トーナメントはシード権となる。先日セントラルダートで見事勝利を飾ったプリムが本日のアテナステークス（G２）に出走するのでお座敷学園の応援席は賑わっている。

零の隣に立っている志保と亜子がコースをじっくりと観察する。

「まぁ……前回と同じコースだからプリムにも勝機はあるはずじゃん」

志保の声と共に亜子が

「ムラコの枠番って何番だっけ？」

「確か大外の６番だったはずだよ」

志保の即答で周囲にいる生徒たちももう一度コースを見渡す。ムラコはプリムのパートナー馬で、いつからかわからない程プリムが騎乗し続けてきた馬である。紫色の毛並みから名づけられたムラコという名前は亜子が中等部の時に名づけたと言われている。亜子はムラコが生まれたての時から世話をしてきているので意

思疎通がうまくとれるようだ。しかし、ベコは……。
私は何を考えているんだろう、ベコは悪くない。そう
わたくしの騎乗方法が悪いのですわ。肩を叩かれ我に
返る雫。

「何考えこんでるんだよ？　今はプリムの応援するだ
けじゃん！」

そんな志保の言葉で沈んだ気持ちが和らいだ気がした
雫だった。

「志保じゃないか！」

聞き覚えの無い声に私と志保さんは振り返る。

「美香じゃん！　なんでココに？　まさか出るって事？」

志保は美香という女性に話しかける。

「そういう事！」

美香という女性はすぐさま返答する。志保は私の方を
向き

「雫、幼馴染の川島美香だよ。あたしはお座敷学園に
入学したけど美香は朱龍学園だったよなぁ？」

志保は再び美香の方を見て問いかける。うなづいた美
香は私に手を伸ばし握手を求めてきた。

「よろしく雫さん！」

鋭い目つきの美香が私に挨拶をしてくる。

「そういえば、美香は朱龍学園のエースだったんじゃ

なかったっけ？」

志保の質問に更に鋭い目つきになり

「あいつがエース」

朱色の勝負服に桃色のロングヘアをなびかせて騎乗している女性を指さしてる。

「島崎利絵……アマちゃんだが腕は確かだよ」

「アマちゃん？」

志保が聞きなおす。美香は少々怒り口調で

「あたいは気に入らないね！　アイツの考え方は……」

意味深な話に私は口を挟めないでいた。しばらくして会場がどよめき始めた。私はスタンド上部を凝視する。あの制服の校章は聖ヴィーナス学園。腕を組んだ一人の女生徒がスタンドの最上段に立ってパドックを眺めている。その女性を取り囲むかのように記者たちがインタビューを始めた。

「有名な方なのかしら？」

不意に私は言葉をこぼす。

「アイツは聖ヴィーナス学園のエース秋山桜だよ。こんなＧ２レースをわざわざ見に来たのか？　その次のレースに出馬するってのに……」

美香はその秋山という女性を睨みつけている。いや目つきが元から鋭いので睨んでいるのかわからないが。

「こんなレースは無いだろ？　Ｇ２戦だよ！」

志保が少し怒り口調で美香に言葉を飛ばす。

「アイツからしたら、こんなレースはどうでもいいハズなのだがなぁ？」

美香の言葉に耳を疑う。突然男性客が秋山の存在に気づき急いで記者たちの方へ脚を運ぶ。

「そんなにすごい方なのですか？」

その質問に美香は

「あまり認めたくないが完璧だよ秋山は……騎乗も分析も……」

そう、競馬道では騎手同士の騎乗競争だけが評価の全てではない。一般人が競馬を予想するように競馬道に励む生徒もまた分析つまり予想が出来ないといけないのである。

競馬の分析は馬の能力、騎手の能力、コース状況、展開、脚質等さまざまな要素を分析し最もその競争に長けた馬と騎手のペアを導き出さないといけない。

「秋山の予想は凄い……だから一般人もその予想にあやかりたいからあの集まりになるんだ」

私はその話にピンと来なかった。

「雫さん、行ってみるといい。今の話がわかるよ。おっとあたいも出馬の準備しないとな……」

美香は足早にジョッキールームへ向かった。

雫は秋山桜を囲んでいる集団に近づいた。私は周りを
キョロキョロと見渡しているとき聞き覚えのある声が
会話している。

「なんとかプリムちゃん２着以内に入れないかな？
次の出走権貰えるのに……」

「今は４番人気か、まぁうちがこのクラスのレースに
出馬するの初めてだから厳しいかもなぁ」

亜子と志保が話をしている。

「プリムさんどうなんでしょう？」

私は二人に声をかける。

『正直厳しい……』

志保の返答は当たり前なのにすごく気が沈んだ。

「まぁうちがＧ２グレードに出馬できるだけでも大満
足だよね」

亜子の心から出た言葉に二人は胸をなでおろした。

「そうですわよね」

周囲のざわつきが大きくなる。秋山桜にマイクが向け
られる。私たちは彼女を凝視する。

「秋山さん、今回のレースでもっとも有力な馬はどの
馬だと思われますか？」

記者の質問が始まった。同時に一般男性客が声を上げ

る。

「待っていました！　神の御告げ！」

「神の御告げ？」

私は小さくその言葉を復唱した。隣にいた亜子が口を開いた。

「あの秋山さんが予想した馬は今のところ22回連続で３着以内に入っているらしいよ」

「マジか！！」

志保が驚いた。

「22回も連続で？」

私も驚きを隠せない。

「そりゃ……馬券買う大人たちはその予想聞きたいよなぁ」

志保の言うとおりである。男性客は興奮した状態で声を上げる。

「島崎の馬でっかー？」

「島崎？　島崎利絵……朱龍学園のエース」

その通りだろう……あの志保さんや美香さんもが一目置く騎手ですもの当たり前ですわ。私はその予想は妥当だと思った。秋山桜はパドックを振りかえり指を差した。秋山を囲んでいる一同がパドックを黙視する。

「今回の有力馬はあの紫の毛並みの馬ですわ。あの馬からは強い意志を感じますわ」

私は島崎利絵の騎乗している馬を凝視した。茶色の毛並み。

「え？」

私の口から声が漏れる。一般男性が手持ちの双眼鏡でパドックを眺める。

「紫の毛並みの馬なんておらんじゃないか？」

その言葉に記者たちもざわめきだした。すると亜子が突然志保に抱きつき小さく飛び跳ねた。

「志保ちゃん！　ムラコだよ、ムラコのことだよ！　秋山さんの有力馬ってムラコのことだよきっと！」

何度も連呼し喜びを隠せない亜子。

「え！　ムラコ？」

志保も驚き秋山桜を見つめる。それを聞いていた一般男性がムラコの存在に気づいた。

「こりゃえれぇーこった！　大穴推薦だと！！！」

記者の質問が続く。

「秋山さん、紫の毛並みというのはお座敷学園の６番ムラコということでしょうか？」

その質問に一同は静まり返り返答を待つ。秋山桜は手

持ちの出馬表を確認する。

「そうですね、その馬ですわね。内コースに入らず大外コースのままで前方をキープできればいい結果に結びつくと思いますわ」

そのコメント後一般男性は馬券売り場に急ぐ。

「やべぇ買いなおしだ……6番……6番軸だ」

亜子も体を震わせながら志保にしがみついている。

「志保ちゃん！　やっぱりムラコ推しなんだ秋山さん！」

志保は亜子の頭に手を置き

「まだ、結果が出たわけじゃないんだ。今はプリムを応援しよう」

そんな冷静な言葉を返す志保に私は流石だと思った。

記者は秋山桜に質問を繰り返していた。

「初出場のお座敷学園の6．ムラコが有力馬というのは凄い馬券が出そうですね」

記者の言葉に桜は返答する。

「あら、人気無い馬ですの？」

その質問と同時に桜は少し表情を変えた。

「現在単勝人気で4番です」

フルゲート6頭中4番目の人気は人気があるとは決して言えない。

「馬からは気を感じますわ……あとはあの騎手次第で

すわね。内に入ると負けますわ！」
桜がきっぱりと言い切った。
「えっ……」
「プリムちゃんに伝えないと……」
亜子は慌てた、志保はその亜子の腕をつかみ
「プリムはパドックにいる、今からは伝えられない。
プリムを信じるしかないよ」
構内アナウンスが流れた。まもなくアテナステークス
の勝ち馬投票券の販売を締め切ります。先ほどの一般
男性客が戻ってきた。
「秋山の助言どおり買ったが本当に大丈夫なんだろう
な……このクラス初出場の学校の馬でなんて……」
ぶつぶつと独り言を言いながら前を通り過ぎた。
「プリムをなめんなよ！」
志保が通りすがりの男性に言葉を投げる。場内掲示板
にアテナステークスの情報が表示される。その直後ス
タンドから大きなざわめきが聞こえる。
亜子と志保と共にスタンド席へ向かう。３人は唖然と
した。
掲示板に表示されていたのは単勝オッズ、現在の人気
を知ることの出来る倍率である。１番人気は変わらず
朱龍学園の島崎利絵の馬ティーン、２番人気がムラコ

だった。

「嘘だろ？！」

志保は驚きのあまり開いた口が塞がらない。４番人気だったムラコが数分のうちに２番人気に上がっていたのだ。先ほどの一般男性客が掲示板に丸めた新聞を突きつけている。

「なんだよ！　秋山の予想に乗ったのはいいが、他の奴まで乗ってんじゃねーよ！　オッズが下がったじゃないか！」

私は秋山桜の予想がここまでの影響力があるとは思っていなかった。

『ということは……もしかするとプリムさんは……』

雫は桜の助言が本当に神の御告げのように思えてきた。場内アナウンスが流れる。

「それでは各馬、本場馬入場です！」

雫たちはスタンド席に座った。そしていつの間にか雫たちの周りにはお座敷学園の生徒たちが集まっていた。

「ムラコ２番人気って何があったの？」

「プリムちゃんの実力が認められたの？」

各自それぞれの意見を出す生徒たち。秋山桜のインタビューでの一連の出来事を知らない生徒たちはそういう憶測でしか意見を出せなかった。ムラコの本場馬入

場と共にアナウンスが流れる。
「流星のように登場したお座敷学園のムラコとプリムローズ。初グレード競争で歴史を残せるか？」
そんなアナウンサーの説明が胸に刺さった。亜子は感動のあまり涙を流している。
「Ｇ２グレードに出れたよ！　Ｇ２グレードに！！」
志保は亜子の頭を優しくなでながらコースを見ている。これは、お座敷学園が歴代初めてＧ２レースに出馬したその瞬間だった。その競争の開始を生徒全員が見守っている。スターターがゲート付近に移動してきた。各馬がゲートインを直前にウォーミングアップをしている。レースが始まる。
「そういえば……美香も出てるんだよな？」
志保が掲示板に再び目をやった。
ライデンが３番人気で川島美香の騎乗する馬であった。
「そっかプリムの人気、美香を抜いたんだ」
といっても２番人気と３番人気の差は微々たる差であった。志保の独り言が私には十分聞こえていた。いつの間にか雫の横に武里真愛がいた。真愛は出馬表を見ながら私に話しかける。
「面白いオッズになってきたな」
「面白い？」

私は思わず返答する。

「三原はここ聖ヴィーナスのコース特性やジンクスは
もちろん分かっているんだろ？」

真愛の質問が即座に飛ぶ。私は即答できなかった。そ
の私を見て真愛は話始める。

「聖ヴィーナスはスタート直後スタンド前の長い直線
の後第１コーナーとなる。一周回り第４コーナーの後
はスタンド前がゴールとなるため４コーナーのあとは
直線が短い」

なるほど……私はうなずいた。

「そういうこと。つまり後続から追い込む直線が短い
ので先行馬がどうしても有利になるコースだからな」

だからホワイトキャットがあそこまで大逃げしても逃
げ切れたのだと私は思った。しかし最終の直線でなぜ
中央にラインを変えたのかまでは分からなかった。

「出馬表からみると今回は先行争いになるな。一番人
気だけは差し馬だけど」

真愛はどう思っているのか？　先ほどの説明で有利な
のは先行といっていたのに一番人気が差し馬とは……
よほど凄い末脚を持っている馬に違いないと私は再び
スタートを目前にしている馬たちのいるゲートの方を
眺めた。

スタータの旗振りおじさんがスターター台に到着した。
一番人気の島崎利絵は出馬する他の馬と騎手たちを見
回す。
「私が一番人気かぁ、いつもどおりの差しでいいか……
…でもこのコース前が有利だし……悩むぅ」
周りに聞こえるほどの独り言をこぼしていた。
利絵はプリムの存在に気づいた。外国人騎手が居る…
…このレース国際認定だったかな？　いや転校生？
掲示板を横目で見た利絵はプリムにますます脅威に思
った。
『美香を抜いて２番人気だなんて有り得ない。このレ
ースうちの学校でワンツーとるつもりだったのに……』
美香あなたはいつもどおり先行？　私も前に出て逃げ
切りを狙うべきなの？　利絵は予定外のプリムのオッ
ズに焦りを隠せないでいた。ん？　利絵のヤツあの志
保の学校の騎手ばかり気にしてやがるな……
「ほんとアマちゃんだな！　どんな相手が来ようと真
剣勝負するだけだっつーの！」
美香の声も周りに十分聞こえていた。そしてスタータ
ーが台に昇り各馬のゲートインのタイミングを待って
いた。
「あーなんだろこの不安……まさか私差せないんじゃ

……」

独り言が止まらない島崎利絵に横のゲートから美香が声をかける。

「このレースくらいで不安になってちゃ上のレース行けないよ！　あたいの逃げについてきな利絵！」

その言葉ですこし利絵の不安は和らいだ。

「私は２番、そして美香が３番……あの外国人騎手は６番の大外」

あの騎手が逃げにきたらペースはハイペースになる。逃げの展開で行くならスローペースでないと前残りが厳しくなる。色々考える利絵の目にスターターが上げた旗が目に入った。その直後ゲートが開いた。

「あぁ！　しまった……出遅れた……」

ゲートが開いたとたん両サイドの馬が利絵の前に出る。そしてティーンを除く馬が前へ前へ、我こそがと鼻きり合戦に参加していった。雫は背伸びをしてプリムの様子を伺う。

「各馬一斉にスタートしました！　おっとティーン出遅れです」

アナウンサーの声と共にスタンドから大きなざわめきが聞こえた。そして一般男性も同時に話し出す。

「あれは出遅れなんか？　差しだから引いたんだろ？

おいおい上位人気２頭とも後からか……大丈夫かよ」
その声でプリムの位置が確認できた。先行集団の大外
やや遅れ目にムラコは走っていた。第１コーナーから
第２コーナーへ入るときインコースを走る先行集団に
プリムが参入していった。
「プリムちゃん内に入ったら……秋山さんがダメと…
…」
亜子が声を漏らす。インコース集団にプリムは入って
いた。第２コーナーを全馬が通過した。
「長い隊列となりました。鼻を奪って先頭はライデ
ン。体半分リードで先行組み一団となり人気馬ムラコ
も先行集団の中、その後一頭２、３馬身はなれて一番
人気のティーン。本日は殿からの競馬となっています」
アナウンサーの実況とともに向う正面を馬軍の列が流
れていく。
「プリムさん……」
雫の声が漏れた。
「現在３番手の位置だからまだいけるよ！」
「そのままいっちゃえー！」
生徒達から応援の声が溢れ出す。
左周りの第３コーナーが近づいてくる。一番最内をラ
イデンが後続を引くように先陣を切る。

２番手の馬はライデンの右後ろを追走、そしてムラコはその馬の後ろを追走する。

４番手の馬はライデンの後ろにつくように追走しムラコとほぼ横並びとなっていた。

「このまま４コーナーを回りきれば勝機はある、いける！」

美香はライデンに言い聞かせるよう手綱を握り最内ラインをあけないよう先陣を走っている。

「そろそろ仕掛けるタイミング……ティーンいくよ！」

利絵が鞭を入れようとしたその時、利絵の鞭を入れる手は止まった。

「何？　あの外国人騎手なぜ右のラインを確認したの？　まさかコーナーで……」

利絵は先行集団の隊列を再度確認した。

「そっか……そう来るならそこ行かせてもらうね！」

利絵はティーンにそう話しかけると一気に鞭を入れた。

そして利絵の前方のムラコは大外へラインを変えた。

「おっと早くもティーンが仕掛けに入りました」

アナウンスと共に急激にティーンと先行集団の差は縮まっていった。そしてライデンが第３コーナーに入った。

「ムラコ位置取りを外へ出しました。ここでムラコ動

き始めました。後方から押し上げて来たティーンは一団馬軍と並びかけてきております」

「プリムちゃん外に出したんだ！」

アナウンスを聞き亜子が跳び跳ねながら様子を伺う。

第３コーナーを回りライデンに並びかけるムラコ。

「やっぱりきたか！　このまま簡単に食い下がらないよ！　ライデンいきな！」

美香はライデンに鞭を入れた。３・４コーナー中間地点でムラコはライデンとほぼ横並びとなっていた。スタンドから声が沸きあがる。

「プリムちゃんそのまま！」

「ムラコ頑張って！」

生徒たちの応援する声も徐々にヒートアップする。

突如、ライデンとムラコの間スペースに２頭が割り込む。ライデンの後ろを追走していたゼラと後方から差して来たティーンである。

アナウンサーの解説で場内が一段騒然となる。

「おっと馬体の衝突！　ゼラとティーンがラインを巡って衝突しました」

２頭の馬体がバランスを崩す。その影響で両サイドのライデンとムラコ両馬にも衝突の反動で両馬が衝突する。

「前方の４頭衝突によってバランスが崩れている模様！」
アナウンサーの一言でスタンド客全体が前のめりとな
り４コーナーを凝視する。
「プリムちゃん！！」
亜子の声援が飛ぶ！　そしていち早く行動に出たのが
利絵だった。
ティーンにすかさず鞭を入れる。
「当たってんじゃないよ！　ティーン当たられても無
視よそのまま前進！！」
利絵の大きな声が４コーナーに響き渡る。
ティーンは更に前進しゼラと再び馬体を擦りながらゼ
ラを抜き先頭へと出た。美香は体勢を整え再び４コー
ナーを回り終えるその時ティーンとはほぼ首差程度の
差であった。
ティーンとライデンに包まれたゼラは再びライデンの
後方へ位置取りを戻すしかなかった。美香は右方向を
見た。その時自分よりやや前方の利絵と後方のプリム
を確認した。
「もらった！　志保悪いね、我校で連対は頂くよ！」
その言葉と共にライデンに更に鞭を入れる。
「各馬４コーナー、先頭集団から抜け出したのはティ
ーン、続いてライデンが追走。ゼラは後退、大外より

ムラコが追走！」

一般男性が興奮状態で声を上げている！

「秋山の馬は届かなかったか！　当初の人気馬で決まりかよ！　馬券は抑えているから馬連は頂きだ！　6番3着死守しろ！　すれば3連単だ！　いけー！」

一同はムラコの3着に期待を託した。

「先頭集団4頭が4コーナーを回り終えて最終直線へ入ります」

アナウンサーの声でスタンドは更にヒートアップする。

「4コーナーからＦｉｒｅデース」

プリムは掛け声と共にムラコに鞭を入れる。最終直線ライデンとティーンの間からゼラが再びライン取りにかかる。

「大外からムラコが伸びる伸びる、凄い末脚です。ライデンを捕らえにかかる！」

そのアナウンスを聞いた途端、お座敷学園応援席から大きな声援が湧き上がる。

「ムラコいっちゃえー」

「プリムちゃん頑張れ！」

ワンハロンマークをすでに切っている直線での激走劇にスタンド一団は呆気に取られた。

「大外よりムラコが強襲！　ティーンとの差が徐々に

縮まっていきます。ゴールまであと僅か果たして末脚
は届くのか？」

背が低い亜子はスタンド全員が立ち上がっている状況
でゴール前が見えない。

亜子はアナウンスを頼りに想像力を膨らませていた。
きっとライデンと並んで2着争いをしているムラコの
勇姿が脳裏に浮かんでいる。その後スタンドが静まり
返った。

「どうしたの？」

亜子は志保に問いかける。そして志保は掲示板を無言
で指差す。

掲示板には審議の文字が光っている。場内アナウンス
が流れる。

「ただいまのレースは審議となっております。お手持
ちの勝ち馬投票券は順位が確定するまでお捨てになら
ないようにご注意願います」

「審議なんだって……」

「あのぶつかった時かな？」

生徒たちから不安の声が漏れる。亜子が志保の袖をつ
かむ力が強くなっていく。

「ムラコ大丈夫かな？」

「大丈夫だよ！　寧ろムラコは当たられた側なんだし

さ」
志保の言葉にうなずく亜子。この待ち時間がもっとも
長く感じるときでもあった。どれほどの時間が経った
のか……場内アナウンスが再び流れる。
「アテナステークスの審議についてお知らせいたしま
す。4コーナーでゼラとティーンが接触し後続及び両
脇を走行していたライデンとムラコに影響を与えた件
について審議いたしました」
「やっぱりあの件だったんだ……」
亜子は志保にそうつぶやくと志保は
「プリムの着順には影響なかった話だしなぁ」
そう答えると亜子は大きくうなずいた。
「接触により走行に影響が出たものの、審議の内容に
よって着順に関わる程の影響では無いと判断したため
降着及び失格馬はありません」
アナウンス終了と共にスタンドから大きな歓声が沸き
あがる。
「よって着順は1着2番、2着6番、3着3番、4着
4番の順で確定いたします」
更なる歓声が沸きあがる。隣に居た男性客は
「おぉ！　秋山の予言通りだが……なんだ人気順で決
まってるじゃないか！　次のレースに期待だ！」

ブツブツ言いながらパドックの方へ向かっていく姿を
亜子は眺めていた。
「亜子、プリムやったな！」
志保の声に亜子は我に返り
「プリムちゃんは何着？！」
「見てなかったのか？　２着だよ！」
志保と亜子の会話を横で聞いていた雫がこぼした言葉
「プリムさん連対されましたのね！」
その一言で亜子の目が一気に涙ぐんだ。
「ムラコ、ムラコこの大きなステージで頑張ったんだ！」
一気に大泣きに変わった亜子の手を私は握り
「プリムさん流石ですわね」
亜子の横にいた志保も私の肩に手を伸ばし肩に手を置
く。
「雫も頑張れよ！　あたしも頑張るからさ」
志保の闘志が伝わってくる。周囲を見渡すとお座敷学
園の生徒が歓喜の声をあげている。
「わたくしも頑張らないと……ベコ……」
小さく声を漏らしてしまう。周りの人だかりはすっか
りと減り、ウイナーズサークルに人だかりは集まって
いた。私は優勝した島崎利絵という生徒を見てみたく
ウイナーズサークルへ足を運んだ。

「島崎さん優勝おめでとうございます。レースを振り返ってどうでしたでしょうか？」

記者の質問が飛ぶ

「え！　あ……あの……私……あまり覚えていなくて……」

オドオドした話し方でインタビュー対応している。

「最終コーナーでのライン取りとゼラとの接触凄かったですね」

「前を走っていた馬が外に位置どったので……ここしかないと思って……」

利絵が答える。

「内を追走していたゼラも同じライン取りをしての接触でしたね」

「……すいません……ぶつかってしまいました？」

本当に覚えていないのか返答に困る利絵を見ていると

「あいつ騎乗すると人が変わるんだよな」

私が横を見ると美香と志保が立っていた。

「よくいるだろ車の運転でハンドル持つと人が変わるって！　あれの騎乗版があいつだよ」

美香の言葉に雫は驚いた。

「そうなんですね！　あの大人しい感じの人が……」

「美香３着凄いなぁ……しかし美香んとこすげぇな！

　普段ダートなのによくここで成績出せるなぁ」

志保の質問に美香は

「脚質が本来芝向きなんだよティーンもライデンも、ただあたいんとこがダートしか無いってだけの話」

「ダートなんですか？」

零の質問に美香は答える

「そう、学園競馬でもあんたんとこみたいに芝コースもあれば、うちみたいにダートコースの学校もある」

「まぁ地域の特性っていうか学校の特性だよな？」

志保と美香のキャッチボールで零は初めて学園競馬にも芝とダートの２つが存在することを知った。今まで芝コースでしか走ったことのない零はダートを走ることに興味が沸いた。

「同厩舎ライデンと２着入賞のムラコについてのイメージ何かありますか？」

記者の質問は続いていた。

「もう一頭の馬よりライデンが勝つと思っていました……」

利絵の返答に

「ムラコは今回初めてＧ２戦に初参戦の学校でしたが何か印象はありますか？」

「最終コーナー入りで確か外に振ったと思いますが…

…あの位置取りの判断は凄いと思いました」

利絵の返答ははっきりとしていた。

「インパクトあったんだ！」

美香がつぶやく。

「あいつがレースの内容覚えてることなんてそうそうないのになぁ……」

私はあの島崎利絵という生徒が気になった。

「もういいですか？　私……苦手なんです」

島崎利絵が記者たちに言葉を飛ばす。

「最後に一つだけ、いつもの勝利ポーズをお願いいたします」

「はぁ？　勝利ポーズ？」

志保がその質問に言葉を漏らす。するとウイナーズサークルサークルの利絵は顔と直角になるように肘を曲げピースサインを取った。カメラマン達が連続で撮影する。

「あれがあいつの精一杯のファンサービスなんだよ」

美香の言葉に志保は

「アイドルってやつかぁ……あたしにはできないね……」

志保は素っ気なく返す。

「ありがとうございました。島崎利絵騎手のインタビ

ューでした」

その言葉と共に記者の集団は別の方向へ移動ていった。そして移動先の女性を囲んでインタビューが始まった。

「記者も大変だなぁ……」

志保が言葉を漏らしながら手に持っていたペットボトルのお茶を飲む。

「インタビュー内容も校内放送で流れますので……恥ずかしいですわね」

「まぁ慣れだよ、慣れ」

美香と同時に校内スピーカーから聞こえてきた記者の質問

「あの展開はひらめきですか？」

「最終コーナーデハ、外が有利ト思ったのデ外に出したデース！」

返答する声がスピーカーから流れる。その途端口に含んでいたお茶を吐き出す志保。

「うわぁ！！　汚ねぇな志保」

美香が志保に言葉を飛ばす。

「インタビュー　プリムじゃん！」

「え？　プリムさんですの？　会見見たいですわ」

雫達は急いで記者たちの元へ駆けつける。確かにプリ

ムローズがインタビューされていた。プリムを取り囲
む記者たち。たくさんのフラッシュが飛びかう。
「プリムさん、綺麗ですしアイドルですわね……」
零の言葉に
「プリムはうちのエースだからなぁ」
誇らし気に返答する志保を見て
「確かそっちの学校はＧ２グレード初連対なんだろ？」
美香は少し申し訳なさそうに志保に問いかける。
「そだよ！　ついにプリムが記録を作ったんだよ！
２着だけど立派じゃん」
志保は自分の事のように、心から喜びを言葉にしてい
るのが二人には分かった。
「やりましたわね！　わたくしもあなたが判断した通
りの位置取りならばこの成績に結びつくと思っており
ましたわ」
プリムではない声がインタビューに答えている。三人
は声の人物を探す。
「え！　マジか……あいつって……」
志保が指をさす。その先には秋山桜が立っていた。
「！ＨＡＮＫ　ＹＵＵ　ｪｰｽ！　内か外が悩んたｪ
ｰｽ！」
プリムが桜に返答する。

「あなたのような名手が増えて学園競馬も盛り上がりますわね！」

桜の言葉が校内に放送されるとともに拍手が巻き起こった。秋山桜もプリムに拍手をしていた。再びフラッシュの嵐が始まる。一人の記者が桜に質問した。

「秋山さんは次のレースに出馬されますよね？　意気込みをコメントください」

「次って……ＧⅠグレードのヴァルキリーカップじゃん……」

桜は表情を変えず淡々と返答していく。

「慣れたコースですのでいつも通りの走りができればと思っています」

「そろそろ準備の時間とは思いますが、プリムローズ騎手に一言お願いします」

記者のその言葉と共にプリムが桜を見つめた。

「プリムローズ……覚えておきますわ！　それではサマーチャンピオンで貴女の実力を拝見させていただきますわ！」

「ＯＫ！　望むところデース」

プリムと桜は握手をした。再びフラッシュに包まれる。桜は騎手室へ準備に向かった。

「プリム凄いな……」

志保が何気に言葉をこぼす。
「志保さんも凄いですわよ」
雫の言葉に志保は
「負けてらんないよ……」
「しかし……サマーチャンピオンで……って秋山の奴、次のレース勝つ気満々だな」
美香の言葉に雫と志保はうなずいたパドックがにぎわっている。
「しかし……２着の騎手にインタビューって初めてだよ」
「そうなのですの？」
美香の言葉に雫が返す。
「あぁ、普通は勝利者だけなんだけどなぁ」
「うちの学校が始めてＧ２連対したからじゃないの？」
「志保それにしても……」
話をしながらパドックへ向かう三人。電光掲示板には既に次のレースの出馬表が映し出されていた。雫は一早く見覚えのある名前に気が付いた。
「ホワイトキャット……」
「お！　雫はホワイトキャット推しなのか？」
志保の言葉に
「いえ……知っている程度ですわ」

「おいおい、あの白馬は有名じゃん！」

「確かに……知っていないとな……」

二人の言葉に赤面する雫。再び掲示板を見る。

「ホワイトキャットまた大逃げなのかしら……」

「逃げ切れないだろな……また２着が関の山か」

「え！」

美香の言葉に雫は驚いた。

「あの大逃げなのにですか？」

雫は美香に問いかける。

「三原さんは、秋山のレース見た事は無いのかい？」

「はい……無いです」

頭を下げた雫の回答。

「だろうね……楽しみにしてるといいじゃん。悔しいけど……凄いよ」

あの強気な美香の言葉とは思えない……

「そんなにですか？」

「あぁ……」

美香の答えに雫は信じられないでいた。雫はあのヴィーナストロフィーで大逃げを成し遂げたホワイトキャットを上回るなんて考えられなかった。

第4話　秋山桜の騎乗

「三原さんは競馬道学部なのに、秋山の存在を知らな
かったってことにあたいはビックリだよ」
「まぁ美香、そんなに雫に言うなよ」
雫は二人の会話に返答ができなかった。それ程までに
有名な方なのに……
「まぁ雫も覚えておいた方がいいよ！　うちの学校な
んかまだまだなんだし世界は広いよ！」
志保は上を向き、青空御眺めながらそう言った。
「三原さん、他校にはごまんと強者は居る。あたいだ
って島崎を抜かないとそんな強豪と遣り合えない……」
美香も志保と同じく上を向き空を眺めた。私もつられ
て上を向く。どこまでも青く、真っ白な雲がふわりと
浮かぶ絵になる青空が目に入ってくる。
「世界は広い……」
私は志保さんの言葉を復唱する。
「三原さん、秋山の走りその目で見るといい。まもな
く始まるから」

三人はスタンドへと向かう。

「流石自場だけあって３頭出しかぁ……」

すぐさま雫は掲示板を確認する。

１．サンミカエル　19.2

２．レッドマシンガン　24.4

３．ホワイトキャット　3.2

４．ブラックナイト　1.0

５．スターライト　35.6

６．トマホーク　70.1

「え！　オッズの偏りが凄いですわ。特に1.0倍って……」

雫は驚きのあまり二度見をしていた。

「そだよ！　秋山のブラックナイトは1.0倍。つまり的中しても等倍返しってことじゃん」

志保は美香の言葉にかぶせるように

「でも競馬に絶対なんてないし、学園競馬で1.0倍っておかしくない？」

志保の言う通り競馬に絶対はない。ただ、1.0倍というオッズは秋山桜の騎乗するブラックナイトに絶対的な支持が集まっている真実を物語っている。

「ですけれどホワイトキャットも3.2倍と人気が集まっていますわよ」

雫は続いて二人に話しかける。

「三原さん、それはもしかして……万が一があった時のために抑えに買っている人がいる程度ってこと」

美香の説明で雫は返す言葉を失った。志保さんに美香さんは秋山さんのブラックナイトが勝つと思っていますの？　このオッズ通り？　どんな走りをされるの？

　雫は秋山桜の走りを早く見たいと体の奥底から期待が沸き上がってくる。場内アナウンスが聞こえてくる。

「本日のメインレース、ヴァルキリーカップ（Ｇ１）の各馬本馬場入場です。本日は自校ヴィーナス学園から３頭だしのメンバーで構成されております」

アナウンスと並行して男性客のぼやく声が耳に入る。

「簡単なレースだな……ブラックナイトとホワイトキャットから総流しだけで取れるぞこれは！」

相方の一般男性客も

「オッズ低いだろ！　鉄板レースはつまらんな！」

「最後の一頭で配当も変わるし、楽しみだな」

男性客の会話が弾む。

「もしホワイトキャットが他の馬に差されて４着だったら凄い配当だろ？」

「いや〜それはないない！　ホワイトキャットは２着だって！」

雫は二人の会話に耳を傾ける。

「わからんだろ！　わしは、三連複で大穴も抑える！　万馬券だ」

一人の男性がもう一人の男性客に熱をあげて話す。

「やめとけって、ムダ金捨てるだけだよ。あの２頭は固いって！」

雫はこの二人の会話を聞くだけでレースが想像できたような気がする。上位人気二頭が後続を大きく振り切って走っている姿を思い浮かべていた。それだけ大差を空けて走れば負けることはありませんわ。自分の想像したレース展開に対する感想。雫はレース展開を想像し再びゲート付近を凝視した。再びアナウンスが流れる。

「本日も全頭が先行争いとなる模様と思われますがやはりホワイトキャットの逃げですかね？」

女性アナウンサーが男性アナウンサーに問いかける。

「内枠２頭の攻め方に注目ですね！」

「サンミカエルとレッドマシンガンですね！」

すかさず女性アナウンサーが返答する。

「本命のブラックナイトも先行争いに参加するとなる

と外枠２頭は後方からとなるでしょう」
男性アナウンサーの見解を聞き女性アナウンサーは
「内側４頭の先行争いに外枠２頭が追走する展開でし
たらハイペースになりそうですね」
「ホワイトキャットに並びかける逃げ馬が現れるとそ
うなりますね」
アナウンサー同士の会話が場内を盛り上げる。
「ほら聞いたか？　ハナ争いになればハイペースだろ？
　そうなりゃホワイトキャットも危うくなるぞ！」
一般男性が相方の男性に話しかける。
「だとしてもだ……」
レース前に個々でレース展開を想像して話をすること
も競馬の醍醐味である。雫は隣にいる志保と美香に質
問してみる。
「どうなると思います？」
志保はすかさず
「いつも通りホワイトキャットが逃げて、ブラックナ
イトがその後ろで追走。最後に抜いてゴールじゃない
の？」
美香も頷きながら
「それしかないだろうね！　考えられない」
二人の答えが一致していたのに雫は驚いた。

「そうですの……」

見解は皆が同じ。だからあのような偏ったオッズになるのだと雫は思った。ただ雫が想像できなかったのはあの大逃げをしていたホワイトキャットをどうやって追い抜くというのだろう？　そのシーンだけが想像できなかった。

スタータが旗を振る。

「初めにゲートインしたのはホワイトキャット。冷静にゲートに収まりました」

アナウンサーの解説でスタンド客一同がゲートに目を向ける。

「最後にゲートインするのは本命のブラックナイト」

雫は背伸びしてゲートの様子を目で追う。

「ブラックナイトがゲートに収まりました。枠入り完了」

ゲートが開いた。その直後アナウンサーの解説が始まった。

「スタートしました。各馬一斉に飛び出しました」

全員が一点を眺める。

「外枠２頭が内へはいる先行策に出ましたが。やはり、本日も先陣を切るのはホワイトキャットです」

雫は頷いた。

「やっぱり前に出たのですわね」

「本日もロケットダッシュで一頭とびぬけたホワイトキャット。本命のブラックナイトは外枠２頭が内入りの先行でラインが包まれた状態となりました」

そのアナウンスと共に場内がざわめく。アナウンスは止まらずに流れ続ける。

「内枠２頭はマイペースでホワイトキャットを追走、その２頭に並びかけるように外枠２頭が並びます。第１コーナーまでで１－４－１の隊列が出来上がりました。まさかのブラックナイト殿からの競馬となりました」

再び場内に野次が飛ぶ。

「ブラックナイト潰しか？　前に壁ができてるじゃないか」

「横一列に並ばれるとブラックナイトが前に出れないじゃないか！」

観客達から様々な野次が飛ぶ。

「ホワイトキャット早くも第１コーナーに差し掛かります。後続との差は５馬身。今日も一人旅となりそうです」

「なんかいつもと違う展開じゃん」

志保が声を漏らす。

「完全に秋山のブロックに入ってるな……」

やはりスタンド全体にはそう映っている。そして第１コーナーに差し掛かる馬郡。その時ホワイトキャットはすでに第１コーナーを抜けていた。紫彩との差は約10馬身……開いていますわね……秋山桜はコーナーを抜けたホワイトキャットに視界を移した。２コーナーまでは様子を見ますわ。そこからが勝負ですわ。桜はその思いを胸にブラックナイトの手綱を握る。ホワイトキャットが２コーナーに差し掛かろうという時、ホワイトキャットに騎乗している紫彩が後方を意識した。

「桜しゃん、今日はついて来ていないにゃ。あの壁を越えられないにゃ？」

紫彩は速度を緩めることなくホワイトキャットを走らせる。桜の前にびっしりと隙間なく４頭が横並びに走っている。桜の視界からは壁のように見える中団集団。

「中団集団は綺麗に４頭横並びです。第２コーナーに差し掛かります。ブラックナイト殿のまま。殿から先頭のホワイトキャットまでの差はすでに13馬身の差があります」

アナウンスと共に男性客が声をあげる。

「これはまずいんじゃないか？」

「ブラックナイト届かないだろ？　荒れるのか？」
観客から不安の声が次々に上がる。第２コーナーを各
馬が回り切った時、誰しもが大差のホワイトキャット
の勝利を想像している。桜の騎乗姿勢が変わった。
「ブラックナイト、連勝ストップとなるのか？」

アナウンサーまでもがホワイトキャットの勝利を想像
していた。
「ダントツ人気のブラックナイトの前に大きな壁があ
ります。いまだ殿のまま」
そのアナウンスの直後場内にざわめきが上がった。
「ここでブラックナイト動き始めました。大外にライ
ンを移しました」
向こう正面の直線で桜は動き始めた。仕方ありません
わね、これ以上は待てないです。ブラックナイト大外
から行きますわ！　桜はブラックナイトに言い聞かせ
手綱を握る。その直後、ブラックナイトの加速度が倍
増した。
「向こう正面の直線でブラックナイト位置取りをあげ
始めました」
アナウンスを聞いた男性は
「いや遅いだろ？　ホワイトキャットはもうすぐ３コ

ーナーだぞ！」

「よし！　そのままホワイトキャット逃げ切れ！　こっちは三連単で抑えてんだ、何が何でも逃げ切ってくれ！」

それぞれの客がレースを見守る。

「ブラックナイト早くも前方の 4 頭と並び位置取りをあげていきます」

「三原さん、ここからだよ！　しっかりと見ておくといい」

美香は雫にそう言うとブラックナイトを目で追う。雫は美香の言葉の後、ホワイトキャットの位置を確認した。

「第 3 コーナー……」

すでに第 3 コーナーに入ったホワイトキャットとの差は10馬身以上。雫はホワイトキャットの逃げ切りを確信した。そしてブラックナイトに視点を変える。

「え！　そんな……」

雫は驚いた。明らかに隊列は　1-1-4　となっていた。壁となっていた 4 頭をコースの大外壁に馬体をこすっているかのように見えるほど壁側を走って抜いていた。その後も大外のラインを変えずそのまま速度だけが増している。

「あんな大外走ったら通常より距離が伸びすぎてスタミナがもたないだろ！」

男性客は興奮状態で叫んでいる。確かにその通りだ、インコースを走るのがセオリーなのにあえて距離が増す大外を走り続けるメリットなど無い。雫はそう思いながら、そのまま大外ラインを走り続けるブラックナイトを目で追い続ける。ホワイトキャットの 前方である第４コーナーを眺めた雫は小さく言葉を漏らした。

「え？」

雫はその時はじめてヴィーナス学園の第４コーナーが歪であることに気づいた。あんなところに柵がありますの？　雫の言葉に美香が返答する。

『三原さんはヴィーナスのコースについて知らないのかい？

あの柵には意味があって建てられているんだよ。

あの柵はコースを楕円にするだけでは無く、柵周囲の芝が整備出来ない程水分を含んでいるから芝コースとして適さないためその湿地帯を迂回するように柵が設けられているんだよ。

ただコース本来としてはバラ園の横に並ぶ鉄柵が本来のコースだからあの湿地帯を通っても違反ではないが、あのように区画されているんだよ。

言わばこの整備中の柵と歪になっているコースがヴィーナスの唯一の汚点だな。あの４コーナーの一帯が……』

美香は雫に説明した。それであえてコースを変形というか、湿地帯と呼ばれる個所に馬がいかないように誘導柵が設けられていることを知る。

『おっと……』

美香が声をあげる。

「あの大差で逃げられないのか？　だとすれば秋山の馬は怪物なんじゃないのか？」

「どういうことですの？」

雫は美香を見つめる。

「だいたい今までは第４コーナー入りで10馬身圏内なら必ず秋山が差してきた。

しかし今回はな……開きすぎだよ……

さぁ秋山どうすんだよ！　こんだけの差が開いたらさすがに追いつけねーだろ？　初めての敗北か？」

美香そう言うと腕を組み直し前のめりになり４コーナーを眺める。そしてタイミングよくアナウンスが入る

「さあ先頭のホワイトキャット調整柵の横を通過し第４コーナー中盤へ、後続を大きく引き離し先行逃げ切

リモードに突入しております。

　２番手追走のブラックナイトとの差は約13馬身……ブラックナイトこの差を縮めることが出来るのか？」

　アナウンスに反応するかのように志保が口を開いた。

「13馬身って無理すぎるじゃん！」

誰しもがそう思ったそう常識的に追いつくには不可能な大差である。場内からも声が湧き上がる。

「秋山……　負けたな……」

観客の全員が第４コーナーを凝視する。

「先頭のホワイトキャットは第４コーナーを抜ける寸前、２番手の秋山は第４コーナーに差し掛かるところ。しかも一番大外のコース外側境界柵に沿って走っている」

　観客の男性が大きな声を上げる。

「　秋山　なんでインを責めないんだよ　バカなんじゃないのか　いくら　大差を開けられたって　諦めてんじゃねーよ　こっちは　金払って　馬券買ってんだよ！」

男性の言いたい事はよくわかる。雫は静かに流れを目で追っている。その時 秋山桜は 急激に進路を変えた。そしてブラックナイトにムチを入れる。その瞬間、場内が一気にざわつく！

「最後のあがきかよ、まあ２着を死守してくれれば馬

券は何とか取れる」
観客席からはそのような声があちこちから飛ぶ。雫は
大きく目を見開いた。そう、ブラックナイトはどんど
ん加速していく。
「え？　あのままでは第4コーナーのインを攻めす
ぎてコース柵にぶつかりますわ」
雫が声をこぼす。
「秋山このままでは柵にぶつかる
落馬して出走中止するのだけは避けてくれ
いくら負けるからといってそれは勘弁してくれよ」
観客男性が声を上げる。
「まさか激突して落馬狙い？　通常の競争で負けるの
は秋山のプライドが許さない、そういうことか……」
美香はそう言うと志保の顔を眺める
「連勝ストップだもんな……あたしがその立場だった
ら……　そういう負け方で逃げたい気持ちもわかるケ
ド……」
志保の言葉に雫は考え込んでしまう。私は勝ったこと
もないしその気持ちが分かりにくいですけれど、勝つ
ことが当たり前の 人にとって敗北は許されないこと
なのだろうなと雫は思った。そんな話をしている間に
ホワイトキャットとブラックナイトの差が縮まる、も

　ちろん柵とブラックナイトとの差も縮まっていた。
「いかんぶつかる……もうおしまいだ」
　男性客は頭を抱えて騒いでいる。その次の瞬間 場内
は時が止まったかのように沈黙に包まれた。雫は開い
た口が塞がらなかった。場内に時が流れ出したのはア
ナウンサーの解説の後だった。
「おっと！　ブラックナイト綺麗に調整柵を大きく飛
越しました。ショートカットでホワイトキャットの差
が大きく縮まりました。ブラックナイトぬかるみにも
かかわらずインコースからすごい末脚です！！」
「嘘だろう」

志保は驚きのあまり今だ開いた口がふさがらない。

「秋山の奴やりやがったな……もともとヴィーナスのコースはあの調整された柵等無く、あのバラ園に沿った鉄柵が本来のコース境界だから今秋山が走っているコースはコースアウトなんかじゃなく正当なインコースなんだよ！」

そう、そのぬかるみで馬が転倒したり生徒が落馬しないようにコースを一時的に調整しているだけである。

「秋山はあの大差を縮めるにはショートカットしかない……それを既に第 2 コーナー回った時点で判断したから大外をあえて走っていたんだ……柵を飛越するための加速距離を取るために……」

美香はそう話し始めると志保が……

「秋山さんて本当 凄すぎる……ほんとに美香が言ったことを瞬時に考えていたのなら……」

美香と志保は桜を絶賛している。

「だいたいあんなジャンプ中央競馬の障害レース並みじゃん」

　志保は驚きを隠せないでいるその頃、ホワイトキャットを騎乗している結野紫彩は後方を振り返った。

「桜しゃん……あの後続の壁を越えられたかにゃ？」

チラリと後方を見た紫彩は驚いた。

「な！　なんで桜しゃん紫彩よりインコースを走ってるにゃ？？　そのラインは柵で入れないはずにゃ……」

ホワイトキャットが残り１ハロンの標識を通過するとき、ブラックナイトとの差は３馬身へと縮まっていた。男性観客は興奮のあまり志保にぶつかりながらスタンドを前のめりにして見ている。

「ちょ！　おじさん当たらないでよ」

志保の声に男性観客が志保の顔を見つめる。

「え？　童夢志保？」

志保は驚きのあまり男性の顔を覗き込むが思い出せない。

「誰？」

そのやり取りが気になり雫と美香も男性を見た。志保の返答に男性観客は持っていた新聞を前に出し

「わしが誰なんてどうでもいい、ここにサインしてくれよ！」

「はぁ？」

志保は理解できていない。

「新聞じゃダメなんか？　じゃあ……手帳にしてくれや！　これなら文句ないだろ？」

志保はきょとんとした表情で

「いや……その……サインなんてしたこと無いし……」

男性は即座に

「お座敷学園のエースなんだろ？　サインくらいある

やろ。書いてくれや！　ケチらんとなぁ」

その強引さに志保は負けて自分の名前を手帳に書い

た。男性はそのサインを見て

「童夢志保……」

そう呟き

「なんや書類に書く感じやな、もっとサインぽいんか

とおもたわ、まぁええ！　ありがとうな♪　応援して

るでー」

そういうとスタンドの反対方向に数歩いて振り向いて

いきなり大きな声をあげた。

「レースどないなったんや！」

三人は我に返りゴール付近を凝視した。後方の馬郡が

ゴールラインを横切っていた。そしてブラックナイト

とホワイトキャットを探した。第二コーナー辺りをゆ

っくりと２頭並んで歩いていた。

「着順どうなったんだ？」

美香の声に志保が

「あのおじさんが変なこと言ってくるから一番いいと

こ見れなかったじゃん」

場内アナウンスが流れる。

「首位は接戦、ブラックナイト連勝か？　ホワイトキャット初勝利か？　写真判定中です。お手持ちの勝ち馬投票券は順位確定になるまでお捨てにならないようにご注意願います」

「接戦？」

志保の言葉に前列に居た亜子が

「鼻差でブラックナイトのように見えたけど……」

亜子の言葉であの距離で３馬身も縮めたのか……と雫は思った。

「てか、あの大差を縮めただけでも秋山さんて凄すぎる……」

志保は興奮を隠せないでいた。その直後スタンドから大きな歓声が沸き上がった。その歓声と共に、電光掲示板には上から　４　３　１　の順に表示されていた。首位の差はハナ差であり、２着３着の差は大差の表示がされていた。

雫は電光掲示板上部の「確定」の赤文字を確認し、あの大差を縮めた秋山桜の凄さを自分の目に焼き付けた瞬間であった。

第５話　小さな名手

「秋山さんて凄すぎますわ」

雫の言葉に志保は頷き口を開いた。

「あの判断というか……攻め方凄かったなぁ……」

そんな会話の中アナウンスが流れた。

「それでは、勝利者インタビューです」

その放送を聞いた美香は

「秋山のインタビュー見に行かないかい？」

その言葉に三人は頷く。ウイナーズサークルへ足を運ぶ四人。亜子はインタビューをしているアナウンサーの横を指さし声をあげる。

「プリムちゃんなんであそこにいるの？？」

「え？」

三人は驚きのあまりプリムを凝視する。

「秋山騎手、あの柵を飛越するコースを選択されたのはどのあたりで決断されたのですか？」

記者の質問に桜が答える。

「第２コーナーを回ったあたりで決断しましたわ」

「ちょうど向こう正面の直線あたりでしょうか？」

「そうですわね。大外から加速したあとの位置取りと紫彩との差を考えて判断しましたわ」

秋山桜のその回答の後、拍手が沸き上がった。

「よ！　天才騎手！」

先ほどの男性客も上機嫌でヤジを飛ばす。

「ＳＡＫＵＲＡ！　ＧＯＯＤデース」

放送に流れる聞き覚えのある声。

「……プリムじゃん……」

志保の呆れた声と共にインタビューが続く。

「ありがとう、プリムローズ。サマーチャンピオンまで上がってきてくださいな！　貴女なら安易なはずですわ」

「ＯＫ！　ＳＡＫＵＲＡ♪　勝負デース！」

桜の言葉に返答するプリム。その後、二人はガッチリと握手をした、そしてフラッシュの雨に包まれる。そしてプリムが口を開いた。

「ＮＥＸＴレースにＭｙシスターが出走するデース☆」

その言葉に記者が食いついてきた。

「次のレースはジュニアチャレンジオープンですよね？」

「プリムローズ騎手のシスターというのはチェリーローズ騎手ですか？」

記者たちの質問が次々とプリムに投げかけられる。

「Ｙｅｓ！　そうデース！」

「チェリーローズ騎手は最年少騎手にして初グレード出馬を果たされた天才……」

雫は記者の質問で気になり志保と美香に質問を投げた

「今日はまだ次のレースがあるのですか？」

「そうだよ！　中学生騎手のみで争われるオープン戦だよ」

志保の回答で次のレース条件が理解できた雫は再びプリムローズの方を眺める。秋山桜とプリムローズのインタビューはまだ続いていた。

「凄腕の姉妹とは……学園競馬も盛り上がりますわよね」

桜の言葉に再びフラッシュが飛び交う。

「プリムさんの妹さん……」

雫の言葉に志保はにこやかな表情で

「プリムに妹なんていたんだ！　同じような感じだったらウケるなぁ」

志保の顔を覗き込んだ亜子は

「プリムちゃんの妹って中学生になったんだ……」

「え？」

亜子の言葉に志保は驚いていた。その時場内アナウン

スが流れた。
「ジュニアチャレンジオープンの本馬場入場です」
四人はスタンドへ急いだ。
「4番ラインコートとチェリーローズ。最年少騎手との初コンビでオープン戦に挑戦です！」
「始まりますわね……」
雫の声にかぶせるように美香が
「4番は6番人気か……仕方ない、年齢も一番幼いからな……」
「美香！　年齢は関係ないよ」
志保は強めに美香に返答する。
「だけど、学園競馬はやはり経験と筋量などのウエイトも大きいからジュニアクラスではしんどいだろう」
確かに経験の量で変わるのは間違いないが志保はあのプリムの妹なので簡単に負けないと思っていた。
「だけど、1年生がこのレースに出れるんだ！　他の5頭は3年生ばかりだし……」
亜子の言うとおりである。基本的には高校生になる前に実績を積むためのステップレースとされているこのレースに3年生以外が出馬することはきわめて珍しい。
雫はチェリーがどのような騎乗をするのか楽しみであった。そしてスターターが台に上り旗を揚げる。ゲー

トが開いた。そしてアナウンスが開始される。

「ジュニアチャレンジ！　ゲートが開きました。４番ラインコート好スタートです」

「どうなるのかしら……」

雫が小さな声を漏らした。チェリーローズは後続勢にお構いなしで逃げ態勢に入る。

「ラインコート先頭で２番手を追走するカズとの差は約３馬身です。本命のカズは本日は２番手を追走する流れとなりました」

「まぁ逃げ切れんし本命は固いだろう！　人気無し馬が逃げ切れるとは思えん！」

男性客の言葉に志保の表情が険しくなった。その表情を見て雫は志保がラインコートに期待している事が伝わってくる。そして流れは変わらずそのまま第４コーナーへ。

「先頭ラインコート第４コーナーまで先頭のまま、追走するカズはラインコートを抑えにかかる。その差は約３馬身です」

そのアナウンスと共に男性客は興奮した声で

「そのまま逃げ切れ！　大穴だ！」

一番人気のないラインコートが最終コーナーを回っても先頭を譲らず走っている姿が雫には驚きを隠せなか

った。
「凄いですわ……」
雫の肩に手を乗せた志保。
「雫、人気なんて関係ないよ」
「さぁ、最終直線での脚比べとなるか？」
アナウンスが流れた途端ラインコートは内側の隙間を
埋めるべくインコースにラインを変えた。追走するカ
ズは内側ラインが塞がれたため外側へラインを出し末
脚を狙う。
「おし！　内側をブロックするとは賢い！　そのまま
いけ！　逃げ切れー！」
男性客は興奮状態で観戦している。
「今のはブロックじゃないだろ３馬身も空いてんだし！」
そうした中、志保は男性客に向かって言う。
「なんでもいいからとりあえず４番に逃げ切ってもら
いたい」
男性客は志保の言葉を聞いていない。
「なんだよ！　４番が悪いみたいに言うなよ」
その時スタンドから大歓声が上がった。
「チェリーちゃん勝ちましたわ……」
雫は驚きのあまり志保の手を握る。
「やるなぁプリムの妹。流石じゃん！」

男性客も大喜びでスタンドを後にする。
「凄い騎手の登場だな……」
美香も改めて腕を組み、チェリーを目で追う。
「凄い！　一年生で勝っちゃうなんて……今日はうち
の学校快勝だよね☆」
亜子も上機嫌で三人に話しかける。レースを見ていた
プリムも拍手していた。

「チェリーNICEデース！」
「ただいまの結果1着4番、2着2番、3着1番で確
定となります。最年少ジョッキーの勝利記録が更新さ
れました！」
そのアナウンスの後、更に大きな歓声と拍手が巻き起
こった。ウイナーズサークルにはすでにプリムがチェ
リーのインタビューを待っていた。そしてチェリーが
登場するとフラッシュがチェリーローズを包む。
「最年少ジョッキーで勝利されたご感想はいかがでし
ょうか？」
記者の質問にチェリーは
「逃げの型がハマったというヤツじゃな！」
「えー！」
零は驚いた。あのプリムの妹の話し方が……プリムと

は似ても似つかないことに……

「内枠を詰められたのは後続のカズのラインを外に振るためですか？」

「そうじゃな、作戦どおりの差が開いておったしのぉ」

チェリーの返答と同時に２着カズの騎手がチェリーの前に立ち険悪な雰囲気で話しかける。

「あれは割り込みだろ！　低学年がそこまでして勝ちたいわけ？」

少し興奮気味の女生徒にチェリーは

「違反の距離ではなかったはずじゃ」

すかさず女生徒は

「あんたが割り込まなかったら差せていたよ！　十分に！」

このやり取りに記者たちも止まって流れを見ている。

「どうなのよ！　何か言ったらどうなの？」

何度もきつい口調でチェリーに言葉を投げかける女生徒。

「チェリー……」

プリムは心配そうな顔になった。その時、チェリーは少し怒った表情になり一歩前に出た。

「ｍｅをこのコースで差そうとした事がお前の敗因じゃ！　そもそも敗者のお前に発言権等無いわ！　立ち

去るのじゃ敗者よ！」

チェリーのその言葉は場内放送で流れていた。女生徒
はチェリーの言葉の前に肩を落とし跪づいた。四人は
チェリーの言葉に圧倒された。

「すげぇな……プリムの妹……」

志保は小さく呟いた。他の三人も頷いた。

「なんて強い子なんだ……全校インタビューで……」

流石の美香も呆気に取られていた。そしてしばらく続
けられたインタビューを四人は見ていた。一番早く口
を開いたのは美香だった。

「しかし独特な話し方だなあの子は……」

その通りだと雫は思った。女生徒は立ち上がりチェリ
ーを指さし大声で

「あんた！　覚えてなさいよ！」

周囲の警備員が

「はいはい静かにしてね、インタビュー中です」

と女生徒に話しながら取り押さえていた。そしてチェ
リーがダメ押しの一言。

「神にたてつくでないわ！　愚か者が！！」

「神？」

雫は小さく復唱した。

第6話　ことりの助言

あのヴィーナス学園での出来事から数日が経ったお座敷学園ではまだプリムとチェリーの功績が話題となっていた。

「しかし、プリムあの戦略は凄かったな。よく思いついたよ」

志保の言葉でクラスメイトからもプリムに歓喜のコメントが飛ぶ。

「プリムちゃんはお座敷学園のエースだもんね！」

「秋山さんもライバル視だし、すごい」

クラスメイトに囲まれているプリムを見て、雫の複雑な気持ちはより一層増した。親友の功績を心から喜んでいる自分とは裏腹に、できない自分を責めている。

「なんで、わたくしは見せ場すら作れないのかしら」

何度この言葉をくちずさんだ事か。ベコと亜子に申し訳がない。そんな日々を過ごしていたある日。雫は練習のため厩舎に来ていた。

「亜子、今日もちょっとベコの騎乗練習したいけど調

子どうかな？」

「最近調子いいみたいだし乗ってあげて」

亜子の言葉がすごく温かい事に対し、成績を上げることばかり気にしている雫は焦りを隠せない。

「次の未勝利でベコ勝てなかったら着外二桁になっちゃうよね」

雫の言葉を聞き、亜子の手が止まった。

「雫、次はいい成績になるんじゃない？　私はそんな気がするよ」

亜子のモチベーションが下がっていない事を知った雫は余計に考え込んだ。どうしよう……

「とりあえず馴らしてくるね」

「気を付けてね」

雫はベコの頭を撫でて背中に乗ろうとしたときベコが下を向いた。

「お馬たん大きい」

ベコの視線の先にはことりがいた。

「ことりちゃん、危ないからここに来ちゃだめよ。離れないと危ないですわよ」

雫はことりに忠告する。

「このお馬たんは雫おねーちゃんのお馬たん？」

ことりは離れようとするどころか近づき質問をしてき

た。無造作に質問に答える。

「そうですわ、わたくしのパートナーですわ。ベコという名前ですわよ」

「ベコたん？　可愛いのです」

小さな子からすると自分の何倍もある体の馬に興味津々。ことりはベコの頭を撫でようと必死に背伸びするが届かない。その時ベコはことりの手が届く位置まで頭を下げた。

「可愛い！　おりこうさんなのです」

ことりはベコの頭を撫でながらベコに話しかける。

「ベコたんはかけっこ好きなの？」

ことりはベコと話ができるかのように会話を続けていた。

「ことりちゃん、わたくしそろそろ馴らしの……」

雫がことりに声をかけようとした時、ことりが雫に話かけてきた。

「ベコたんはお砂遊びが好きなんだって」

「え？」

雫はことりの一言に心を奪われた。砂遊び？　雫の脳裏に色々なことが浮かび上がった。そして一つのことに気づき、急いで亜子のもとへ急いだ。

「亜子、ベコの次の未勝利戦はダートを選択できない

かな？」

雫の提案に亜子は笑顔で答えた。

「路線変更もいいかもね、でもうちじゃ練習できない
しどうする？」

確かにお座敷学園のコースは芝コースでダートの練習
ができるようなコースは無い。

「とりあえず、芝コースじゃなく山間のふもとの一帯
が土の広場で走ってみる？」

亜子の提案に頷き早速広場へ向かう。ダートとは言い
難いがあたり一面が土の広場でベコを歩かせてみた。
ベコは足元が普段と違うため、そろりそろりと様子を
うかがいながら歩いている。

「やっぱり、土じゃ慣れてないし嫌だよね」

雫はベコに話しかける。そして亜子に

「ごめんなさい、やっぱりいつも通り芝の方がいいで
すわね」

その言葉の後、亜子は少しベコの様子をうかがってい
た。

「雫、練習してみる？　こんだけのスペースしかない
けど。ベコ満更でもないんじゃない？」

「え？」

ベコの顔を凝視する。雫は亜子のようにベコの感情は

つかみ取れないが、亜子の勧めもあるので練習を継続することにした。それから数日が過ぎたある日。一通のメールを受けて亜子は雫の元へ急いだ。

「雫、朱龍学園の川島さんからメールが来て来週の日曜の未勝利戦にゲストで参加しないかと誘われているよ」

亜子の言葉に喜びを隠せない雫

「参加したいですわ、川島さんって……」

「志保ちゃんの幼なじみの美香ちゃんだよ」

亜子の説明で思い出した。

「あの時の……」

『日曜日、ちょうど朱龍学園で重賞あるからだと思うよ』

「重賞ですの？」

雫が亜子に聞き返す。

「そうだよ、珍しい競争だし私も見てみたかったの。雫行こうよ！　未勝利戦」

未勝利戦の単語に敏感になっている雫は脳裏によぎった。また、ダートで敗北すると……。しかも、遠征してまでの敗北となると……。不安が雫を襲う。その時、亜子は雫の肩を手で叩いた。

「雫、弱気になっちゃダメ！　雫が弱気になったらべ

コまで迷っちゃう」

その言葉で我に返った。

「私頑張りますわ」

週が明け、月曜日の放課後はその話題で教室は盛り上がっていた。

「雫ちゃんと亜子ちゃん遠征するんだよね」

「頑張ってきてね！」

みんなの言葉が重荷になる。今更ベコの成績に負けを一つ増やすだけとは到底思えない心境の雫、亜子はその不安でいっぱいの雫に声をかける。

「雫、大丈夫‼　ベコが初めてのダートに挑戦するだけ。勝ち負けじゃないよ」

そう言われても自分なりの納得はできない雫。

「わかっていますわ……ただ……」

「ただもヘチマも無いじゃん！　全力でやるだけだって！」

志保の言葉に頷く雫。しかし不安は増すばかり。

「とりあえず、明日移動して水曜日に時計とって、ならす感じのスケジュールだよ」

亜子が説明した直後、背後から大きな声がした。

「プリムも日曜日応援に行くデース！」

「私もいくよ！　頑張ってね！」

プリムの言葉に続きクラスメイトも言葉をかける。

「みんな、ありがとう。頑張りますわ」

そして旅立ちの時が来た。輸送バスが校庭に入ってきた。その時が来た。雫は全身の震えを押さえつつ、送迎車の後部座席に乗った。その直後、亜子と海老沢先生も後部座席に乗り込んできた。

「あれ？　先生も行くのですか？」

雫の質問に不快感を得たのか不機嫌になる先生。顔色が変わるのはすぐにわかった。

「可愛い生徒だけで行かすわけに行かないだろう。それか何か、三原は私が来ると嫌なのか？」

『そんなことありません！　でも授業とかあるのに……』

申し訳なさそうに雫が話すと

「これも授業の一環だろう。それに学校のためであり、私のためだ」

「わたしの……？」

雫は先生の最後の語尾が気がかりだった。会話を重ねているうちに朱龍学園に到着した。到着した雫達を数人の生徒がピロティで迎えていた。

「三原さん、いらっしゃい。よく来てくれたね」

そう言って美香は手を出してきた。雫がすかさず握手

し、一行は校舎の中へ案内された。廊下を抜け校舎を抜けた一行が目にしたのは、辺り一面砂の世界。

「これが朱龍学園のダート……」

雫は胸の高鳴りを隠せない。初めて見るダートコース。そうこれは競馬場なんかじゃ無く、自分がこれから走るダートコース。学園生涯でダートコースを走ることなんか夢にも見たことが無かった雫は呆然と立ち尽くすのみ。

「雫、とりあえず今日は宿舎に入れてもらうから早く早く！」

亜子の言葉で我に返った。宿舎に向けて廊下を歩く最中、部屋から除いている学生を発見する。見たことのある桃色のロングヘア。雫達の視線に気づくと部屋の中へ消えていった。その部屋の前を通過するとき雫は部屋名を見た。

「放送部……」

外部から来た私たちに興味を持っているのだと雫は思った。宿舎についた雫達は窓から外を眺める。すでに夕日となっている風景は凄くインパクトがある。亜子が口を開く。

「噂の壁凄いね、どこまで続いてるんだろ？　ベルリンの壁？　万里の長城？　みたいな感じだよね」

雫は噂の壁という物が何か窓から覗く。

「凄いですわ」

窓から右側を向くと遙か向こう、肉眼では追えない所まで壁が続いている。

「中央町と区切るために、遙か昔に作られた壁だ。10kmは確かあったはずだ」

「先生、それって何のために？」

「壁の向こうの中央町に朱龍城があり、城下町を外部から守るために作られたんだ。今も取り壊されることなく残っているんだ」

先生の説明に亜子は納得して市内の窓の度しを眺めている。

「あ！　一番星見つけた。ベコ、一番星になれるとイイネ」

何気ない亜子の一言に胸を押さえつけられる。

「さぁ、明日は朝早くから調整だ、早く寝ろ」

「まって、先生……同じ部屋なんですか？」

「なんだ三原、一緒じゃ嫌なのか？」

「いえ、嫌というわけでは……」

その夜、雫は布団の中で考えた。ことりちゃんの一言で、ココへ来ちゃったけど、大丈夫かな？　ベコ、ダート嫌だったりしないかな？

「雫眠れないの？」

起きている雫に気づいた亜子は雫の布団に潜りこんで来る。

「私が寝かせてあげるね」

そういって亜子は雫を優しく抱き寄せた。

「亜子、ありがとう。本当は心配で心配で……」

「わかってる。私も一緒だよ」

「え？」

亜子も不安を持っているとは思っていなかった雫は、同じ環境に亜子がいることに安心した。

「明日から頑張ろうね」

雫からすると小さな言葉だが、勇気づけられる言葉だった。

「うん、ありがとう。頑張る」

うっすらと目に涙を浮かべた雫。亜子もうっすらと涙を浮かべているのがわかった。突然部屋の電気がついた。

「同じ部屋の隣のベッドで貧乳と巨乳が何やってるんだ！　明日から稽古なんだぞ！　真面目にコンディション整えろ！」

海老沢先生の怒鳴る声で慌てて雫のベッドから飛び出した亜子。

「先生ビックリするじゃないですか！」
亜子の言葉に
「こっちが色々な意味でビックリするわ！」
先生の言葉が理解できない二人は布団に潜り夢の世界
へ。

第７話　騎乗戦と机上戦

翌朝、雫と亜子は真っ先にベコがいる厩舎へ向かった。

「ベコ大丈夫？　よく眠れた？」

亜子がベコに話しかけた途端ベコは大きく頷き亜子に顔をくっつける。

「もう、ベコ寂しかったのね。大丈夫だって、お隣の学校に来ただけ。頑張ろうね！」

雫は、ベコと話す亜子の姿を見て自分も会話ができれば……そう思ったとたん雫は肩を軽くたたかれた。

「初夜早々にやってくれるな、お陰で寝不足になるところだった」

海老沢先生が朝食のパンを片手に話しかけてきた。

「何の話ですか？」

「ほんと三原は体だけ成長して、ウブだな」

雫は先生の言うことが理解できなかった。

「うわ、雫！　見てみて。すごく注目されてるよ」

亜子の一言で雫は後ろを振り返った。数人いや、十数人は朱龍学園の生徒が雫たちを見ていた。雫は何故

か、その大勢の中から昨日放送室から覗いていた生徒と目が合った。その途端、桃色の髪の毛の生徒は目をそらし生徒達の中へ消えていった。

「あの人……どこかで……」

「どうしたの雫？」

雫のつぶやきに反応する亜子。厩舎の奥から背丈の低いツインテールの生徒がこちらに向かってくる。

「お座敷学園の人だよね？」

ちょっときつめの口調で話しかけてきた。雫はその生徒の左腕につけている腕章に目が行った。

「調教師……」

腕章の文字をぼそっと口にする。

「あたしは朱龍学園の調教師、池田里美」

その生徒はそう名乗ると体の向きを真逆に変え

「ついてきて」

その一言とともに歩き始めた。

「あの子、小さいけどしっかりしてるよね」

「お前も小さいだろうが……」

亜子の言葉に海老沢先生が即答した。歩く道中、里美は振り返り亜子を何度も見直す。扉の向こうはＬＥＤ照明が煌々とつき、丸いテーブルがいくつも並んだ部屋に案内された。

「ここがミーティングルーム。ここ使って。あと分析
の授業は一緒に受けるらしいから、場を乱さないで！」
ハキハキと話しかける里美に零と亜子は圧倒された。
「てかあんた、それ何？」
里美が亜子に問いかける。亜子は服に何かついている
のかとキョロキョロと見て、手をパタパタとさせて
「どれの事？」
里美はすかさず怒り口調で
「いや、あんたの格好！」
「このパーカーのこと？」
亜子は自分の着ている馬をモチーフにしたオリジナル
のパーカーを里美に見せる。
「パーカー……パーカーなの？」
「可愛いでしょ！　これを着ると馬になれるし、気持
ちも通じ合うんだよ！」
「そんなわけないでしょ！」
どんどん怒り口調になる里美。
「ほんとだよ、着てみる？」
「着ないってば！！　ふざけてるの？　あたしを馬鹿
にしてるんでしょ！」
里美の怒りは頂点に達した感じだった。その瞬間、亜
子は後ろから抱き着かれた。

「ヤバ！！　めっちゃかわいい……」

誰に抱き着かれたのかわからない亜子は慌てて手をパタパタさせている。

「た、助けてぇ……」

亜子は里美に助けを求める。里美の怒りは一気に冷め、亜子の後ろに回り

「何やってんの？」

里美の一言で亜子に抱き着いていた腕をほどき、亜子の背後から顔を出し

「里美の知り合い？　すごくかわいいんだけど……こんな小さな子知り合いなんだ！！」

雫の脳裏によみがえる記憶の断片が一つにつながっていく。

「あの桃色の髪の人って……あの時の……間違いないですわ。島崎利絵さん」

「三原、正解だよ」

海老沢先生が答える。

「利絵！　この子っていうけど、高校生だよ！　きっと」

里美の発言に利絵は

「ウソ！　こんな着ぐるみ着ているのに？」

そう言うと再び亜子を抱きしめた。

「とりあえずもうすぐしたら分析の授業だし、どれほ

どの腕前か見せてもらうし」

里美は再び亜子を睨み部屋の奥へ歩いていった。分析の授業。雫はダートの騎乗に来ただけでなく、授業も受けることをその時知った。

「三原と山口はゲストだから一番端の席に座るように。こちらの学校から事前に聞いている。迷惑はかけないように」

海老沢先生の言葉に二人は頷いた。

「では、おとなしく席で授業開始を待つように」

雫は席に座った。

「あの……席に座るので離してもらっていいですか？」

亜子は利絵に言った。

「ご、ごめん……」

利絵はすぐさま手を放した。そして授業が開始するときが来た。朱龍学園の教師が教団に立った。いくつかある丸いテーブルには生徒が輪になるように座っている。

「それでは分析の授業を始めます。各テーブル４名から５名座っていますが個々それぞれで分析し回答シートに記入してください。

お題は本日の奈良競馬11Ｒ　1800メートルの分析をしてもらいます。前のモニターに出馬表と調教データ

を表示します。

３頭選び、連対的中させなさい。制限時間は15分、それでははじめ！」

先生の合図とともに生徒たちがモニターを眺める。これが分析の授業。場外馬券場や競馬場と似た風景。お金さえかけないものの、競馬の分析を行う授業が行われている。これが競馬道学部の学科授業である。

国の法律改正により、国営、地方自治体、法人のいずれかが管理する競馬場が、日本の47都道府県すべてに１か所は設置された今、毎日複数の競馬場でレースが開催されている。実際の競争を分析（予想）する授業が競馬道学部では当たり前となっている。

そして今回、零たちが受ける授業で課題となるレースが奈良競馬場のメインレースとなる大仏特別だ。頭数は８頭立てと少頭数レースだが、２勝限定戦と難しい。２勝限定戦とは、今までデビュー後２勝した馬のみで争われる競争で、すんなり２勝してきている馬もいれば、勝てずに未勝利を幾度か経験している馬も出てきている。零と亜子もモニターを眺める。モニターに表示されているデータは

１．サザンクロス ［逃］

①桜道Ｓ ①新馬

52.6 38.2 13.0

２．イザナミ ［差］

③生駒賞 ①Ｃ１組

54.4 38.4 12.8

３．ドーバ ［先］

①Ｃ３組 ①未勝利

55.7 41.0 13.3

４．プロス ［先］

⑤桜道Ｓ ①Ｃ２組

54.0 37.8 12.1

５．ウマコ ［先］

④Ｃ１組 ①Ｃ３組

56.7 40.1 13.0

６．ウマジロー ［差］

③Ｃ２組 ①Ｃ３組

56.3 40.9 13.6

７．ダイハチグルマ ［差］

①Ｃ２組 ⑥Ｃ３組

54.1 39.3 13.2

　８．ヒザカックン　［先］
④Ｃ１組　①Ｃ２組
56.0　40.8　12.9

モニターに表示されているデータの見方は、
・馬番号.馬の名前.[　]内は脚質
・前走の着順とレース名、前々走の着順とレース名
・調教タイム
である。
この予想をする事こそが競馬というスポーツを楽しむ
醍醐味の一つである。雫は周りを見ると生徒同士で話
し合いながら予想している。雫も亜子に意見を聞く。
「亜子、わかる？　難しくない？」
雫の質問に亜子は
「時計から見ると気になる子はいるけど、前走まちま
ちだし」
数分が経ち、いまだ決めきれない雫。里美がこちらに
向かって歩いてくる。
「あんた、あたしと勝負よ！　さっきの決着はこのレー
スの予想でどっちが上位着順の子を選べるかで勝
負！」
一方的な里美のいいがかりに亜子は

「とりあえず授業だし、予想はするけど……」
「はい、決まりね！　ガチガチの本命だったら被りそうだけど。ズル無しで勝負だよ」
里美はそういうと自分の席に戻った。
「本命って……これだけじゃわからないですわ」
雫はそういうと再びモニターを眺めた。調教状況の映像がモニターには流れていた。亜子はその映像をガン見している。
「それでは３分前だ、答えは書いたか？」
先生の言葉で焦る雫。
「亜子はどう思う？」
雫の質問に答える亜子。
「調教の映像見るからに１番と４番の子は動きキビキビいい感じだったよ。１番の子は連勝してるし特別賞で勝ってるうえ、内枠の逃げっていうところから有力かな？　４番の子は前走５着だけど、12.1秒の時計出せてるし悪くないと思うし私はこの子たちは確定。あとは……」
なるほどと頷き雫も回答欄に１番と４番を記入した。雫は３番の馬が連勝しているので可能性あると判断し、もう一頭は３番と記入した。再び里美がやってきた。
「答え出た？」

亜子に話しかける。

「私は１番と２番と４番の子にしました」

亜子の返答に里美は、

「やっぱり１番と４番選ぶよね。かぶったか……でも、あたしのもう一頭は３番、あんた２番でしょ！　ここで勝負だね」

そういうと自分の座席に戻る里美。雫は自分が里美と一緒だったので的中してほしいと思ったが、亜子が負ける事を考えると複雑な気持ちになった。

「それでは締め切りの時間です。解答用紙は前に提出。答えは実際のレースをみましょう」

先生の言葉とともに描くテーブルごとに解答用紙が集められ回収される。遠いテーブルに座っている里美はこちらを見て目線が合うとニヤっとした。部屋のモニターがテレビ画面に切り替わり、スピーカーから音声が流れた。

「こんにちは、タフラジの時間です。ＭＣはアリサプロジェクトのさなです」

「ＩＭＡＩでーす。よろしくお願いします」

普通に競馬のテレビ番組が始まった。テレビでデータ分析の説明やトレセン注目の有力馬の紹介コーナーなどが流れる。

番組の進行につれて生徒たちがざわめく。やはり、分析や予想の仕方は十人十色。最近はテレビでもＵＭＡＪＯ（ウマジョ）と呼ばれる競馬女子が増えてきて女性も楽しめるスポーツとなった。多くの女生徒がこの競馬道学部を専攻しているのもその背景があるからだ。モニターに視線が集まる。現在の人気は、1.サザンクロス　4.プロス　3.ドーバ　8.ヒザカックン　2.イザナミ　5.ウマコ　7.ダイハチグルマ　6.ウマジローの順に人気が構成されている。その人気発表のあと里美は亜子に合図を送っている。どうやら上位人気を選べた事が嬉しかったのだろう。モニターの映像に視線が集まる。

「まもなく発走時刻をむかえるけど、ＩＭＡＩはどの馬に期待？」

「やっぱり２番イザナミが人気を落としているので期待したいかなぁ」

「確かに特別賞３着で12.8マークは軽視禁物じゃん」

番組内でも盛り上がる。スターターが台に上がり、旗を振る。生徒たちの視線はモニターに集中する。ファノノァーレが鳴り響き、各馬がゲートに入っていく。８頭目がゲートに入った。

「いよいよだね」

亜子の言葉と同時にゲートに赤ランプが点灯した。その直後ゲートが開く。

「やっぱりハナをきるのは内枠のサザンクロス。好スタートです。続いてプロス、ドーバと人気馬が前に行く展開となりました」

アナウンサーの解説のあと生徒達からも声が上がる。

「やっぱり人気上位の子って早いし強いよね」

人気とは競馬の予想で買われた馬券票数で割り出した数値。つまり期待値である。人気が高い馬ほど３着以内や勝利する確率が高いと思われている。それを数値化したものがオッズである。

「馬郡はほぼ縦長で３つの塊となっています。前からサザンクロス、プロス、ドーバ先団ひと固まり、続いて中団ヒザカックン、ウマコ、ダイハチグルマ、後続勢がイザナミ、ウマジローとなっております」

雫はモニターを眺め

「やはり人気上位３頭は早いですわ。亜子さん推しのイザナミは殿２番手。このままでは池田さんの勝利ですわ」

「先団集団は第３コーナーから第４コーナーへ入ろうとしています」

そのアナウンスが聞こえたとたん里美は亜子に目でサ

インを送った。亜子はそのサインに気づき小さく頷い
た。頷く亜子を見た里美はニヤニヤと顔が解れ、組ん
でいた手を腰に当ててモニターを見直した。

付録・解説

競馬を知る

馬券種

馬券の比較

軍資金を守る

軸馬をさぐる

まずは競馬を始める前に競馬を知る事が第一優先なのじゃ!!
よく聞くじゃろ競馬は勝てないとか
損するとか・・・それが普通じゃからな!!

**勝てないのが普通なら
やらない方がいいじゃん・・・**

だからｍｅが教えてやるのじゃよ!
結局、勝てないには勝てないなりの理由
もある訳じゃ!だからそこを変えれば
変化は出るぞ!

わわわ様じゃあ教えてよ!
競馬の勝ち方

競馬は基本的にどの馬が
何着になるのかを予想するスポーツじゃ。

ゴール

2着

1着

3着

馬券を購入して参加する場合はその馬券がどのようなものなのかを知る必要がある。馬券は基本的に1枚100円じゃ。

その購入した馬券が的中すれば、

その**的中馬券と交換で配当金が支払われるという仕組み**が競馬じゃ!!

ネット競馬の時は自動換金されおる。

まずは馬券の種類から説明じゃ!!

単勝とは

１着になる勝ち馬を的中させる馬券。

単勝オッズにあらわされる数値が的中配当と

なります。

基本中の基本となる馬券で**的中率は１／頭数**

となるので難易度的には低め。

複勝とは

３着までに入着する馬を的中させる馬券。

お座敷ちゃんねるでは軍資金の守りの馬券

として活用しています。

的中率は3／頭数となる初心者向けの馬券。

配当的には最も少ないですが**利回率**的には？！

馬連とは

1着と2着に入着する馬を2頭的中させる馬券。

昔から発売されている王道の馬券種。

統計での的中率は一般的に0.65％です。

年間の万馬券排出率は十数回に一度ある

スタンダードな馬券です。

枠連とは

1着と2着に入着する馬を2頭的中させる馬券。

ただ枠と呼ばれるグループのどちらの馬が入賞

しても的中となる特殊な馬券です。

的中率は1／36以上です。

馬連より配当が高くなることもあり！

拡連（ワイド）とは

1着から３着に入着する馬のうち２頭的中させる
馬券で基本的には３通りの的中が存在するので
穴馬を狙う場合にも活用できる馬券。

的中率は2.8％と高め！

副馬券には最も適した馬券！

馬単とは

1着と２着に入着する馬を順番を的確に２頭的中
させる高難易度の馬券。配当は高め。

的中率は10頭立で1.1％ 18頭立で0.33％と低い！

万馬券の確率は多々あり。

年間平均の配当は70倍(中央競馬)

三連複とは

1着から3着に入着する3頭を的中させる馬券。

ただし順不同なので狙いやすい。

的中率は0.12％と高難易度で高配当！

狙って的中できる代物ではない。

一般的に多く購入される馬券。

三連単とは

1着から3着に入着する3頭を順番に的確に的中

させる馬券。さな師匠がレジェンド馬券を的中

させたのもこの馬券。

的中率は0.0083％と超高難易度で超高配当！

夢馬券として競馬ファンには多く購入される。

馬券種ありすぎ・・・どの組み合わせなら自分の
予想と一致するのかをよく考えて
馬券購入しないといけないし難しいなぁ

お金のかかっていることじゃ
つべこべいうでない下僕よ!

競馬の重要ポイントは**馬の選び方**と**馬券の買い方**
この2点が重大ポイントですわ!

まずは**馬券の買い方**から説明じゃ!
なぜなら馬の選び方はいろいろな方法があるし、
それに馬券の買い方を間違えるとすべて台無し
じゃ!!

まず競馬ファンに最もありがちなのは
配当（オッズ）に騙されること！
本当の利回率の計算が出来ておらん！

2022年9月7日　大井11R
第59回　東京記念

着順	枠番	馬番	馬名 性齢 騎手 斤量 調教師 通過順位				
1	7	12	ランリョウオー 牡4 本橋 56 小久保	3	3	3	2
2	4	7	セイカメテオポリス 牡4 本田正 56 渡辺和	7	7	5	4
3	3	4	フレッチャビアンカ 牡5 今野 56 川島一	8	8	7	5

払戻金		
単勝	12	310円
複勝	12	150円
	7	190円
	4	160円
枠連	4-7	900円
馬連	7-4	1,480円
	7-12	1,080円
馬単	12-7	1,710円
	9-12	480円
ワイド	4-12	420円
	4-7	570円
3連複	4-7-12	2,080円
3連単	12-7-4	8,020円

同じ6000円！
複勝1点と
3連単5頭ボックス
どちらがいいのかな？

ランリョウオーの複勝だと
1．5倍
3連単だと　80．2倍

３連単は５頭ボックスで６０点
なので6000円払って8020円の配当！

複勝なら6000円分
なら1.5倍 x 60
なので
9000円の配当です

３連単って高配当だから当たればプラスなり
そうだけど、結局　３連単の配当 x１　か
複勝の配当 x 60 のどちらが安全で利益に結
び付くのかを考えて馬券買わないと
リスクだけ背負うことになるよね。

先に金の流れを説明したが、
一番わかっておかないといけない**常識**がある！
慣れてくるとこの常識を忘れるものが
多くなるのじゃそれは
競馬的中して初めて配当がもらえる
外れたら0 (配当無し)
という事じゃ！！

たまにいるよね、
どうせギャンブルだし
一か八か外れてもいいから
大勝負！っていう人。

それは競馬とうまく向き合ってない
者じゃし、真似ることなどない。
長く付き合っていくなら**軍資金を**
守りつつ楽しむやり方じゃ！

え！そんなやり方あるの?!
教えてよー

競馬には**トリガミ**という言葉があって的中しても、掛け金より配当が少ない場合に使われる言葉じゃ！

そういう時もあるんだぁ

ことりが複勝一点なら無いが、
ワイドボックスならあるじゃろ！
3頭ボックスなら3点300円
3倍以下の配当じゃった場合

なるほどぉ

トリガミならまだマシじゃ、
当たっておるし配当もある。
外れたら0という事を念頭に
置いて考えるのじゃ！

たくさん当たりぃなってほしいのです

だから馬券の有効戦略の一つを
伝授してやろう！
富(13)の法則じゃ！

とみのほうそく？？

そうじゃ富とは十(と)と三(み)をかけ
てそう呼んでおる。**13**の法則じゃ。
お座敷ちゃんねるのＯＦＭＡ班は
この法則で資金運用しておる。

それはどんなの？？

主馬券の複勝10点に対し副馬券3点の
合計13点を１セットにする方法じゃ！
地味じゃが安全な馬券戦略じゃ！

軸にする複勝は概ね平均オッズが1.3倍(当社調べ)なので複勝10点が的中すれば３点分の利益枠が確保できるのじゃ。その３点で攻撃用馬券を購入し利益増幅を図る。仮に複勝が的中できれば副馬券が外れても被害は最小限に抑えられるのじゃ！

複勝がはずれたらどうなるの？

それは外れになるのぉ。
しかし基本的には軸に考えておる複勝が外れるレースなら軸流ししておっても外れておるしな。ボックスなら当たるケースもあるが。
あと、**複勝が1.3倍以上ついた時は複勝だけでも利益が出る**しのぉ
場合による。

複勝はぁ重要なんだねぇ

先ほどの東京記念を例にすると、複勝で**ランリョウオーを10点(1000円)**買うとする。その時に副馬券として好きな馬券を３点(300円)分購入していたとする。合計は1300円購入じゃ。見事**複勝が的中した配当は1.5倍じゃし1500円**副馬券が外れておったとしても、購入額より配当が200円多かったのでプラスになったという事じゃ！ことり計算できるか？

今の計算はできるよぉ200円勝ちぃ

富の法則ではまずは**複勝が的中することが大前提**じゃ。寧ろ複勝が的中し続けるなら、基本的には**競馬で勝ち続ける**という事になるのじゃ！ただし複勝が1.3倍を下回る場合はいかんぞ！その時はかけずに応援じゃ！

次は**軸馬**となる複勝馬の選定方法じゃ！
副馬券の選定方法はまた別の時に紹介する。
まずは軸馬選定からじゃ！
軸馬を選定する時の基準は
　1．過去実績
　2．調教診断
概ねこの二つじゃ！

2つもお勉強しないといけな
いのはぁ大変なのですぅ

競馬は大人の仕事と同じく慣れじゃから、
何度もしているうちに自然と自分の予想スタイルも
仕上がってくるのじゃ。
欲に負けずに前向きに予想出来るようになれば
結果はついてくるのじゃ！

1. 過去実績

これはその馬が過去にどのような競争をしてきて
どのような成果を出しているのかからまず判断する
のじゃ！

あたしは前走勝っている馬や
2着の馬を評価してるよ!

下僕よ！それだけでは甘いぞ！
注目すべきは着順もそうじゃがそのレースの
コース・距離・枠順・馬場状況・メンバーじゃ！
そもそも、**予想するレースと違う会場・違う距離**で
ある場合の1着は走っている内容が違うから、参考
程度にしかならんのじゃ。

確かにそりゃそうだよね。
走る内容が違うんじゃ・・・

2.調教診断

これは馬のコンディションを探って、力が発揮できるかどうかを調べること。以前、早く走れた馬でも体調悪いと力を発揮できないのじゃ！

馬だって調子悪いと走る気にもならないよね・・・

そうだよ志保ちゃん！
だからトレーニングセンター（トレセン)で前走よりタイムが早くなっていたり、並走調教という他の馬と一緒に走らせて、その練習時でも勝とう（先着しよう）とする子は注目なんだよ～

なんじゃ・・・急に割って入って説明しよって・・・

2022.10.12　川崎11R　鎌倉記念

7番　ヒーローコール

9月7日馬なり時計で
55.2　40.2を
10月7日強め追い時計で
54.4　39.4をマーク。
動きキビキビでしっかり。
並走調教でも先着の意欲は評価できます。

この競争でこの子はやっぱり一番だったよ！
□ は9月7日の練習の時の時計と10月7日の練習の時の時計（タイム）の比較だよ。
たくさん練習して早く走れるようになった事を
意味しているので、本番でも期待できそう♪
並走調教でも先着の意欲は評価できます。等の
コメントが言えるのはやっぱり練習でも競争心のある子だから練習と言えど頑張って勝っちゃうという
頑張り屋さんを評価しますっていう事なの。

なるほどね、あたしも練習っていえど手が抜けないタイプだし一緒か・・・

著者プロフィール

中原牧人（なかはら・まきと）

1977年11月20日生まれ。先進ホールディングス代表。
会社員としての日々の中、お座敷ちゃんねるの運用とターフ
のカノジョの成長に人生を注ぐ。
Twitter：@ozasiki_ch
YouTube：https://www.youtube.com/channel/UCFsvhcqw7P9vtz3ih3g8ybg

ターフのカノジョ　第1巻 三原零編

2023年3月21日　発行

著者　中原牧人

発行　先進ホールディングス

発売　吉備人出版
〒700-0823 岡山市北区丸の内2丁目11-22
電話 086-235-3456　ファクス 086-234-3210
ウェブサイト www.kibito.co.jp
メール books@kibito.co.jp

印刷　株式会社三門印刷所

製本　株式会社岡山みどり製本